...1erched Dr..g

TOP...Jacqueline Wilson...ES

Lluniau Nick Sharratt

Addasiad Elin Meek

Gomer

Hillman,
h l arbennig a chyd-awdur

Cyhoeddwyd yn 2009 gan Wasg Gomer,
Llandysul, Ceredigion SA44 4JL

ISBN 978 1 84851 039 5

Teitl gwreiddiol: *Bad Girls*

Cyhoeddwyd drwy drefniant gyda Random House Children's Books,
adran o'r Random House Group Ltd.

Dymuna'r cyhoeddwyr gydnabod cymorth
Adrannau Cyngor Llyfrau Cymru.

Argraffwyd a rhwymwyd yng Nghymru
gan Wasg Gomer, Llandysul, Ceredigion.

COCH

Coch

Roedden nhw'n dod amdanaf i.

Gwelais i nhw'n syth ar ôl troi'r gornel. Roedden nhw hanner ffordd i lawr y stryd, yn aros ar bwys yr arhosfan fysiau. Manon, Sara a Carys. Carys, yr un waethaf ohonyn nhw i gyd.

Wyddwn i ddim beth i'w wneud. Rhoddais gam ymlaen, a'm sandal yn glynu wrth y palmant.

Roedden nhw'n rhoi pwt i'w gilydd. Roedden nhw wedi fy ngweld i.

Allwn i ddim gweld mor bell â hynny, ddim gyda fy sbectol hyd yn oed, ond gwyddwn y byddai gwên fel giât ar wyneb Carys.

Sefais yn stond. Edrychais dros fy ysgwydd. A ddylwn i redeg 'nôl i'r ysgol? Roeddwn i wedi bod yn cicio fy sodlau o gwmpas y lle am oesoedd yn barod. Efallai eu bod nhw wedi cloi gatiau'r ysgol? Ond efallai y byddai un o'r athrawon yno o hyd? Gallwn esgus bod bola tost neu rywbeth gyda fi, ac wedyn gallwn i gael lifft adre yn y car.

'Edrychwch ar Mali! Mae hi'n mynd i redeg 'nôl i'r ysgol. *Babi!*' bloeddiodd Carys.

Roedd hi'n union fel petai sbectol hud ganddi i weld yn syth yr hyn oedd yn fy mhen. Doedd hi ddim yn gwisgo sbectol gyffredin, wrth gwrs. Fydd merched fel Carys byth yn gwisgo sbectol na weiers ar eu dannedd. Fyddan nhw byth yn mynd yn dew. Fyddan nhw byth yn cael eu gwalltiau wedi'u torri'n rhyfedd. Fyddan nhw byth yn gwisgo dillad twp, plentynnaidd.

Petawn i'n rhedeg 'nôl, bydden nhw'n rhedeg ar fy ôl. Felly daliais ati i gerdded, er bod fy nghoesau'n teimlo'n simsan. Roeddwn i'n dod yn ddigon agos i'w gweld nhw'n glir. *Roedd* Carys yn gwenu hefyd. Roedd pob un ohonyn nhw'n gwenu.

Ceisiais feddwl beth i'w wneud.

Dywedodd Dad wrtha i am geisio ei herian hi 'nôl. Ond allwch chi ddim herian merched fel Carys. Does dim byd i'w herian yn ei gylch.

Dywedodd Mam wrtha i am eu hanwybyddu nhw ac yna fe fydden nhw'n cael llond bol.

Doedden nhw ddim wedi cael llond bol eto.

Roeddwn i'n cerdded yn nes ac yn nes atyn nhw. Roedd fy sandalau'n dal i lynu. Roeddwn innau'n ludiog hefyd. Roedd fy ffrog yn glynu wrth fy nghefn. Roedd fy nhalcen yn wlyb o dan fy ngwallt.

Ond gwnes fy ngorau glas i edrych yn cŵl. Ceisiais syllu'n syth heibio iddyn nhw. Roedd Arthur Puw yn aros wrth yr arhosfan fysiau. Syllais arno fe yn lle hynny. Roedd e'n darllen llyfr. Mae e'n darllen llyfrau bob amser.

Dw innau'n hoffi darllen hefyd. Trueni mai bachgen oedd Arthur Puw. A'i fod braidd yn rhyfedd. Fel arall, gallen ni fod wedi bod yn ffrindiau.

Ond doedd dim ffrindiau go iawn gen i nawr. Roedd Manon yn arfer bod yn ffrind i mi, ond wedyn dechreuodd hi fod yn ffrind i Sara. Wedyn penderfynodd Carys y byddai hi'n eu cael nhw yn ei chriw hi.

Roedd Manon bob amser yn arfer dweud ei bod hi'n casáu Carys. Ond nawr hi oedd ei ffrind gorau. Os yw Carys eisiau i ti fod yn ffrind iddi, dyna ni. Dwyt ti ddim yn gallu dadlau â hi. Mae hi'n gallu bod yn eithaf cas.

Roedd hi'n syth o'm blaen i nawr. Allwn i ddim syllu heibio iddi mwyach. Roedd yn rhaid i mi edrych arni. Edrych ar ei llygaid tywyll bywiog a'i gwallt sgleiniog a'i cheg fawr yn wên i gyd, fel bod ei dannedd gwynion i gyd yn y golwg.

Gallwn ei gweld pan gaeais fy llygaid hyd yn oed. Roedd hi'n union fel petai hi wedi camu drwy fy sbectol, yn syth i'm pen, gan ddal i wenu o hyd.

'Mae hi wedi cau ei llygaid. Hei, gadewch i ni fwrw i mewn iddi,' meddai Carys.

Agorais fy llygaid yn gyflym.

'Dyw hi ddim yn gall,' meddai Sara.

'Mae hi'n chwarae un o'i gêmau esgus,' meddai Manon.

Dechreuodd y tair chwerthin yn braf.

Allwn i ddim diodde'r ffaith fod Manon wedi dweud popeth wrthyn nhw am ein gêmau preifat ni. Dechreuodd dagrau bigo fy llygaid. Caeais fy llygaid yn dynn. Roedd yn rhaid i mi beidio â chrio.

Anwybydda nhw, anwybydda nhw, anwybydda nhw . . .

'Mae hi'n ceisio ein hanwybyddu ni!' meddai Carys yn fuddugoliaethus. 'A dywedodd Mami fach wrthot ti am ein hanwybyddu ni'r hen ferched cas, do fe?'

Doedd dim pwynt ceisio'i hanwybyddu hi mwyach. Allwn i ddim, beth bynnag. Roedd hi wedi camu'n syth o'm blaen. Roedd Manon ar y naill ochr iddi a Sara ar y llall. Roedden nhw wedi fy nal i.

Llyncais. Roedd Carys yn dal i wenu.

'Ble *mae* Mami beth bynnag?' meddai. 'Dyw Mami ddim fel arfer yn gadael i Mali fach sleifio adre ar ei phen ei hun. Roedden ni'n edrych amdani, on'd oedden ni, Manon, on'd oedden ni, Sara?'

Roedden nhw bob amser yn rhoi pwt i'w gilydd ac yn sibrwd ac yn chwerthin pan fyddai fy mam yn mynd heibio. Roedden nhw'n waeth byth pan fyddai

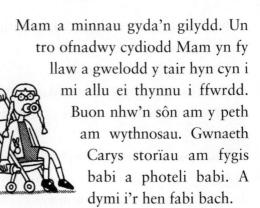 Mam a minnau gyda'n gilydd. Un tro ofnadwy cydiodd Mam yn fy llaw a gwelodd y tair hyn cyn i mi allu ei thynnu i ffwrdd. Buon nhw'n sôn am y peth am wythnosau. Gwnaeth Carys storïau am fygis babi a photeli babi. A dymi i'r hen fabi bach.

Roedden nhw'n rhoi pwt i'w gilydd ac yn sibrwd a chwerthin nawr. Atebais i mo Carys. Ceisiais fynd heibio iddi ond symudodd hithau i'r naill ochr hefyd. Felly nawr roedd hi'n sefyll yn syth o'm blaen. Yn agos iawn. Yn fwy na mi.

'Hei, dw i'n siarad â ti! Wyt ti'n fyddar neu rywbeth? Oes rhaid i mi weiddi?' meddai Carys. Plygodd mor agos nes bod ei gwallt du sidanaidd yn symud yn erbyn fy moch. *'Ble mae Mami?'* bloeddiodd i'm clust.

Gallwn deimlo ei llais yn rhuo drwy fy mhen, yn chwyrlïo i fyny ac i lawr pob rhan o'm hymennydd. Edrychais o gwmpas yn wyllt. Roedd Arthur Puw yn codi'i ben o'i lyfr, ac yn rhythu.

Allwn i ddim dioddd'r ffaith ei fod e'n gweld y cyfan. Gwnes fy ngorau i esgus bod popeth yn iawn.

'Mae Mam wedi mynd at y deintydd,' meddwn i, gan esgus bod Carys a minnau'n cael sgwrs hollol normal.

Dechreuodd Manon a Sara biffian chwerthin. Roedd Carys yn dal i wenu.

'Www, wedi mynd at y *deintydd*,' meddai. Roedd hi'n swnio fel petai hi'n sgwrsio. 'Mmm, wel, fe fyddai'n rhaid i dy fam fynd at y deintydd, yn byddai, Mali?' Oedodd.

Doeddwn i ddim yn gwybod a ddylwn i ddweud rhywbeth ai peidio. Oedais innau hefyd.

'Mae gwir angen i dy fam fynd at y deintydd,' meddai Carys. 'Mae hi mor rhychlyd a llwyd a hen, mae'n debyg fod ei dannedd yn torri'n deilchion. Mae hi wedi  mynd am set lawn o ddannedd dodi, ydy hi, Mali?'

Gwenodd yn annwyl wrth ddweud hyn, gan ddangos ei dannedd perffaith ei hun. Roedd hyn yn teimlo fel petai hi'n fy mrathu. Brathiadau bach, o hyd ac o hyd.

'Cau dy geg am Mam,' meddwn i. Roedd hyn i fod i swnio'n fygythiol, ond roedd e'n swnio'n fwy fel petawn i'n ymbil. Beth bynnag, fyddai dim gwahaniaeth. Doedd neb byth yn gallu cau ceg Carys pan fyddai'n dechrau arni. Yn enwedig fi.

'Mae dy fam di'n edrych yn hŷn na Mam-gu,' meddai Carys. 'Nac ydy, mae hi'n edrych yn hŷn na fy *hen* fam-gu. Pa mor hen oedd hi pan gafodd hi ti, Mali? Chwe deg? Saith deg? Cant?'

'Paid â bod mor ddwl,' meddwn i. 'Dydy Mam ddim mor hen â hynny.'

'Beth yw ei hoedran hi, 'te?'

'Dyw e ddim yn fusnes i ti,' meddwn i.

'Mae hi'n bum deg pump,' meddai Manon. 'Ac mae ei thad hyd yn oed yn hŷn; mae e'n chwe deg dau.'

Teimlais fy wyneb yn gwrido'n fflamgoch. Roeddwn i wedi dweud hyn wrth Manon pan oedden ni'n ffrindiau gorau ac roedd hi wedi tyngu na fyddai hi byth yn dweud wrth neb.

'Mae hynny *mor hen*!' meddai Sara. 'Dim ond tri deg un yw fy mam *i*.'

Dechreuon nhw ddynwared hen fenywod, gan wneud sŵn â'u gwefusau a cherdded o gwmpas y lle drwy symud o un ochr i'r llall.

'Peidiwch!' meddwn i, a dechreuodd gwydr fy sbectol droi'n aneglur. Roeddwn i'n dal i weld Arthur Puw drwyddyn nhw. Roedd e'n darllen ei lyfr unwaith eto, ond roedd ei wyneb yntau'n goch hefyd.

'Www, mae cariad bach Mami'n dechrau strancio,' meddai Carys. Rhoddodd y gorau i chwarae o gwmpas a rhoi ei braich am Manon. 'Felly sut olwg sydd ar Dadi? Ydy e'n driblan ac wedi colli ei gof?'

'Mae barf fach dwp gyda fe ac mae e'n gwisgo smoc,' meddai Manon, ac roedd hi'n edrych wrth ei bodd pan roddodd Carys gwtsh mawr iddi.

'*Smoc!* Fel ffrog? Mae tad Mali'n gwisgo *ffrog*!'

gwaeddodd Carys, a dyma'r tair yn hollti eu boliau'n chwerthin.

'Nid ffrog *yw* smoc,' meddwn i'n wyllt. 'A smoc i ddyn yw hi, smoc pysgotwr; dim ond pan fydd e'n peintio mae Dadi'n ei gwisgo hi.'

'*Dadi!*' Sgrechiodd y tair eto.

Roedd fy wyneb yn teimlo fel petai ar dân. Wyddwn i ddim sut dihangodd y gair 'Dadi' o 'ngheg. Roeddwn i'n gwneud fy ngorau i ddweud Mam a Dad fel y lleill i gyd. Roeddwn innau hefyd yn meddwl bod smoc Dadi'n edrych ychydig yn dwp. A byddai'n braf pe na bai gan fy mam wallt brith a chorff mawr oedd yn gwthio'n dynn yn erbyn ei ffrogiau cotwm, a thraed wedi chwyddo mewn  sandalau rhy fach. Byddai'n braf petai fy mam yn ifanc ac yn cŵl ac yn hardd fel y mamau eraill i gyd. Byddai'n braf petai fy nhad yn ifanc ac yn gryf ac yn fy nhroi o gwmpas yn yr awyr fel y tadau eraill i gyd.

Weithiau, gyda'r nos yn fy ngwely, byddwn i'n esgus fy mod i wedi cael fy mabwysiadu ac y byddai fy mam a 'nhad go iawn yn dod i fy nôl i ryw ddiwrnod. Bydden nhw'n ifanc, yn ffasiynol ac yn chwaethus, a bydden nhw'n gadael i mi wisgo'r dillad diweddaraf a chwarae cerddoriaeth yn uchel iawn a

bwyta yn McDonalds, a bydden nhw'n gadael i mi fynd o gwmpas ar fy mhen fy hun ac aros allan yn hwyr, a fydden nhw byth yn mynd yn grac. Byddwn i'n mynd i gysgu wrth greu'r holl bethau hyn am y fam a'r tad go iawn yma – roeddwn i'n eu galw nhw wrth eu henwau cyntaf, Cadi a Cai – enwau *modern*, gwych – a byddwn i'n breuddwydio amdanyn nhw hefyd, ond bron bob tro, hanner ffordd drwy'r freuddwyd, pan oeddwn i'n dod at y rhan orau, a minnau a Cadi a Cai yn mynd i Disneyland neu'n cael coffi yn Borders, byddai fy mam a 'nhad fy hunan yn ymddangos yn sydyn o rywle. Fel arfer, bydden nhw'n edrych hyd yn oed yn hŷn ac yn fwy pryderus, a bydden nhw'n galw fy enw nerth eu pennau. Fe fyddwn i'n esgus nad oeddwn i'n eu clywed ac yn rhedeg i ffwrdd gyda Cadi a Cai, ond byddwn i'n edrych 'nôl dros fy ysgwydd ac yn eu gweld nhw'n simsanu ac yn dechrau crio.

Byddwn i'n dihuno yn y bore'n teimlo mor euog fel y byddwn i'n neidio'n syth o'r gwely wrth i'r larwm ganu ac yn mynd lawr llawr i wneud cwpanaid o de iddyn nhw. Wrth iddyn nhw sipian eu te, byddwn i'n llithro i mewn i'r gwely gyda nhw a bydden nhw'n fy ngalw i'n ferch fach dda. Er fy

mod i'n tyfu'n fawr nawr. A dw i ddim yn dda, ddim bob amser. Dw i'n gallu bod yn ddrwg iawn.

'O'r gorau, wel, mae'n rhaid i mi eu galw nhw'n Dadi a Mami achos eu bod nhw'n fy ngorfodi i. Ond nid nhw yw fy mam a 'nhad go iawn,' meddai rhywun. Roedd fy ngheg wedi dweud hyn cyn i mi fedru ei hatal hi. Roeddwn i wedi synnu a chawson nhw eu synnu hefyd, hyd yn oed Carys.

Syllon nhw arna i. Y tu ôl iddyn nhw, wrth yr arhosfan fysiau, roedd Arthur Puw yn syllu hefyd.

'Am beth rwyt ti'n sôn?' meddai Carys, gan roi ei dwylo ar ei chluniau. Roedd ei chrys-T wedi'i dynnu'n dynn yn erbyn ei stumog fflat. Hi oedd y ferch deneuaf yn y dosbarth, ac un o'r rhai talaf hefyd. Roedd hi'n dweud ei bod hi'n mynd i fod yn fodel ffasiwn pan fyddai hi'n un ar bymtheg. Roedd Manon a Sara'n dweud hynny hefyd, ond doedden nhw ddim hyd yn oed yn bert.

Wyddwn i ddim beth oeddwn i eisiau bod ar ôl i mi dyfu i fyny.

13

Roeddwn i dim ond eisiau peidio â bod yn fi. Roeddwn i eisiau tyfu i fyny i fod yn berson newydd, nid Mali Williams.

'Nid fy mam a 'nhad i ydyn nhw, ac nid Mali Williams yw fy enw go iawn,' meddwn i. 'Cyfrinach yw hi i fod. Fe ges i fy mabwysiadu pan oeddwn i'n faban. Dw i wedi cwrdd â fy mam go iawn, ac mae hi'n anhygoel; model ffasiwn yw hi, mae hi'n edrych yn wych, mae ei llun hi wedi ymddangos mewn llawer o bapurau, fe fyddech chi'n ei hadnabod hi petawn i'n dweud ei henw hi, ond does dim hawl gen i ddweud hyn; beth bynnag, fe gafodd hi fi pan oedd hi'n ifanc iawn ac roedd hynny'n mynd i dorri ar draws ei gyrfa, felly rhoddodd hi fi i gael fy mabwysiadu, ond mae hi bob amser wedi difaru gwneud hyn, felly mae hi'n cadw mewn cysylltiad. Dyw fy mam a 'nhad mabwysiedig ddim yn hoffi hyn ond dydyn nhw ddim yn gallu ei rhwystro hi ac mae hi o hyd yn anfon anrhegion gwych ataf i – pob math o ddillad ac esgidiau ffasiynol a phethau – ond dyw fy mam fabwysiedig ddim yn fodlon ac mae hi'n eu cloi nhw mewn cesys dillad ac yn gwneud i mi wisgo dillad plentynnaidd . . .' Roedd hi'n mynd yn haws ac yn haws, roedd y stori'n llifo o'm ceg fel llinyn sidan, ac roeddwn i'n ychwanegu ati wrth fynd ymlaen, gan gynnwys cymaint o fanylion ag y gallwn i. Roedden nhw i gyd yn gwrando, a phawb yn fy nghredu.

Roedd Sara'n gegrwth ac roedd y stori'n gwneud argraff ar Carys hyd yn oed.

Roeddwn i wedi anghofio am Manon.

Symudodd ei phen yn sydyn.

'Celwyddgi!' meddai. 'Dyw e ddim yn wir, celwydd yw'r cyfan. Dw i wedi bod draw yn eich tŷ chi. Dw i'n adnabod dy fam a dy dad, a dy fam a dy dad *go iawn* ydyn nhw, a does dim cesys dillad, a –'

'Mae'r cesys yn cael eu cadw lan yn yr atig, ti'n gweld. Mae e *yn* wir, dw i'n fodlon tyngu llw,' mynnais.

'Hy, ddylet ti ddim tyngu llw am y peth,' meddai Manon. 'Achos dw i'n *gwybod* mai celwydd yw'r cyfan. Pan ddaeth dy fam draw i dy nôl di ar ôl i ti fod yn chwarae gyda ni, fe gafodd hi baned o goffi gyda Mam ac fe fuodd hi'n siarad amdanat ti drwy'r amser, sut roedd hi wedi cael yr holl driniaeth ffrwythlondeb ofnadwy yma am oesoedd a'u bod nhw wedi rhoi'r gorau i obeithio y bydden nhw byth yn cael plant, ac fe ddywedodd hi eu bod nhw wedi ceisio mabwysiadu ond roedden nhw'n rhy hen, ond wedyn dyma dy fam yn mynd yn feichiog. 'Ein babi bach gwyrthiol ni.' Dyna ddywedodd hi. Fe ddywedodd Mam wrtha i. Felly *celwydd* yw'r cyfan!'

'Celwyddgi!' meddai Carys, ond am ryw reswm rhyfedd roedd hi'n dal i edrych fel bod y stori wedi gwneud argraff arni. Symudodd ei llygaid 'nôl a 'mlaen ac ro'n i bron â mentro gobeithio y byddai hi'n rhoi'r ffidil yn y to nawr, ac y byddai hi'n gadael i mi fynd.

Wyddwn i ddim a symudais i ai peidio, drwy symud un hanner cam i'r ochr. Ond roedd hi'n hanner cam yn ormod.

'O na, dwyt ti ddim yn cael mynd eto, Mali Babi-Gwyrthiol Celwyddgi-Dwl,' meddai Carys.

'Celwyddgi,' meddai Manon, a'i phen yn nodio.

'Celwyddgi dan din,' meddai Sara.

Chwarddon nhw wrth glywed y gair *tin*.

'Ie, a beth yw lliw'r nicers sydd am dy din di heddiw, Mali?' meddai Carys, gan dynnu'n sydyn wrth fy sgert, a'i thynnu i fyny.

'Paid, paid,' meddwn i'n wyllt, gan gydio yn fy sgert.

Ond er gwaethaf hyn, fe welodd Carys fy nicers.

'O, dyna *hyfryd*,' meddai. 'Lliw gwyn gyda chwningod bach! I fynd gyda'r bwnis bach gwyn mae Mami wedi'u gwau ar dy siwmper

di.' Pwniodd y cwningod â'i bysedd hir. 'Druan â Mami, yn gwau ac yn gwau i Mali ddrwg – a hithau'n mynd o gwmpas yn dweud wrth bawb ei bod hi wedi cael ei mabwysiadu! Mae Mami'n mynd i fod *mooor* siomedig pan ddaw hi i wybod.'

Ro'n i'n teimlo fel petai hi wedi pwnio twll drwy fy stumog.

'Sut daw hi i wybod?' meddwn i'n gryg.

'Wel, fe ofynnwn ni iddi. Yfory, pan ddaw hi i dy nôl di. Fe ddyweda i, 'Beth oedd oedran Mali pan fabwysiadoch chi hi, Mrs Williams?' ac fe fydd hi'n dweud, 'O, fy merch fach i fy hunan yw Mali, cariad' ac fe ddyweda i, 'Nid dyna mae Mali'n ei ddweud, mae *hi*'n tyngu ei bod hi wedi cael ei mabwysiadu,' meddai Carys, a'i llygaid yn disgleirio.

Chwarddodd Manon a Sara'n ansicr, heb fod yn siŵr a oedd Carys yn tynnu coes ai peidio.

Roeddwn i'n siŵr ei bod hi o ddifrif. Gallwn ei gweld hi'n ei ddweud e. Gallwn weld wyneb Mami. Allwn i ddim diodde'r peth.

'Hen un ddrwg, ddrwg, ddrwg wyt ti!' gwaeddais, a rhoi ergyd galed i Carys ar ei hwyneb.

Roedd hi'n llawer talach na fi ond aeth fy mraich i fyny ohoni'i hunan a daliodd cledr fy llaw ei boch. Aeth yn goch, goch, er bod ei boch arall yn wyn. Aeth ei llygaid hyd yn oed yn dywyllach.

'Iawn,' meddai hi, a chamodd ymlaen.

Gwyddwn fy mod i'n mynd i'w chael hi nawr. Dyma fi'n gwthio Sara allan o'r ffordd, yn mynd heibio i Manon, a rhuthro allan i'r stryd i ddianc rhag Carys achos gwyddwn ei bod hi'n mynd i'm lladd i.

Roedd yna fflach fawr o goch a sŵn breciau'n gwichian. Gwelais y bws. Sgrechiais. Yna cwympais.

OREN

Oren

'**M**ali! O'r arswyd! Mae hi wedi marw!'
Agorais fy llygaid.

'Nac ydw,' meddwn i'n grynedig.

Roedd Arthur Puw yn plygu drosof i, a'i sbectol yn gam, a'i geg hefyd yn gam, yn gegrwth mewn sioc. Daeth rhagor o bobl yn gylch o'm cwmpas. Penliniodd un fenyw i lawr wrth fy ochr. Roedden nhw i gyd mewn niwl. Ceisiais gau ac agor fy llygaid, ond roedd popeth yn dal yn aneglur.

Gwnes fy ngorau i godi ar fy eistedd.

'Na, cariad, rhaid i ti orwedd yn llonydd tan i'r ambiwlans gyrraedd,' meddai'r fenyw wrth fy ochr. 'Mae gyrrwr y bws yn ffonio am un nawr.'

Ambiwlans? Oeddwn i wedi cael anaf cas? Symudais fy mreichiau a'm coesau. Roedden nhw'n symud yn iawn. Teimlais fy mhen i weld a oedd yna unrhyw chwydd. Roedd fy llaw'n brifo wrth i mi ei chodi, a'r boen yn gwibio at fy mhenelin.

'Gan bwyll, cariad. Nawr 'te, dwed wrtha i beth yw dy enw a dy gyfeiriad er mwyn i mi roi gwybod i dy fam,' meddai'r fenyw.

'Mali Williams yw hi. Mae hi yn fy nosbarth yn yr ysgol,' meddai Arthur Puw.

'A oeddet ti'n un o'r plant drwg oedd yn rhedeg ar ei hôl hi?' meddai'r fenyw'n grac. 'Fe welais i nhw! Roeddwn i reit ym mhen blaen y bws ac fe'u gwelais i nhw'n rhedeg ar ei hôl hi i'r stryd. Fe allai hi fod wedi cael ei lladd.'

'Ro'n i'n meddwl ei *bod* hi wedi cael ei lladd,' meddai Arthur a'i lais yn crynu. 'Fe ddylwn i fod wedi'u rhwystro nhw.'

'Nid ti oedd e,' meddwn i. Edrychais i fyny ar y fenyw. 'Nid fe oedd e.'

'Nid y bachgen, ond y merched 'na,' meddai rhywun arall.

Trodd pawb i edrych. Ond roedd Carys a Manon a Sara wedi mynd.

'Ro'n nhw'n ei phoeni hi. A dim ond pwten fach yw hi! Faint yw dy oedran di, cariad, wyth?'

'Dw i'n ddeg!' meddwn i.

'Ble rwyt ti'n byw, Mali?' gofynnodd y fenyw.

'Rhif pum deg chwech, Heol y Waun. Ond dw i'n iawn, wir; does dim rhaid i chi ddweud wrth Mam. Dim ond poeni byddai hi. A dyw hi ddim gartref beth bynnag, mae hi wedi mynd at y deintydd,' meddwn i, gan geisio codi ar fy eistedd unwaith eto.

Allwn i ddim gweld yn iawn o hyd. Wedyn, sylweddolais yn sydyn beth oedd y rheswm am hyn.

'Fy sbectol!'

'Mae hi gyda fi fan hyn, Mali. Ond mae hi wedi torri'n ei hanner,' meddai Arthur. 'Ydy hi'n well i mi ei rhoi hi yn dy boced di?'

'Sut mae'r ferch fach?' meddai'r gyrrwr bws, gan symud Arthur i'r naill ochr a phlygu i lawr wrth fy ochr.

'Dw i'n iawn,' meddwn i'n sigledig, wrth boeni am fy sbectol oedd wedi torri.

'Fe ddaw'r ambiwlans chwap. Rwyt ti'n edrych yn iawn i mi, ond mae'n well cael rhywun i fwrw golwg arnat ti. Fe gei di fynd i'r ysbyty ac fe ffonith rhywun dy fam.'

'Fe wnaf i hynny,' meddai'r fenyw, gan nodio'i phen.

'*Na wnewch*,' meddwn i, a dechrau beichio crio.

'Dyna ti, pwt. Rwyt ti wedi cael sioc.'

'Dw i'n teimlo 'mod i wedi cael sioc hefyd,' meddai'r gyrrwr bws. 'Fe ruthron nhw i gyd i'r stryd – hon fan hyn ac yna'r lleill a doedd dim byd y gallwn ei wneud. Diolch byth 'mod i wedi arafu'r bws achos ro'n ni bron â chyrraedd yr arhosfan. Dim ond ergyd fach gafodd hi. Dw i'n credu mai llewygu wnaeth hi; aeth hi ddim yn anymwybodol, dw i ddim yn meddwl.'

'Ro'n i'n meddwl ei bod hi wedi marw. Fe gwympodd hi a symudodd hi ddim,' meddai Arthur, a daeth ei fysedd esgyrnog i'r golwg, heibio i'r fenyw oedd yn penlinio a'r gyrrwr bws, a chydio yn fy llaw. 'Paid â phoeni, Mali. Rwyt ti'n mynd i fod yn iawn, on'd wyt ti?' meddai.

Allwn i ddim dweud dim achos ro'n i'n methu stopio crio ac roedd fy llaw mor boenus fel na allwn i wasgu ei fysedd hyd yn oed. Cafodd ei wthio o'r ffordd pan ddaeth yr ambiwlans. Cefais i fy nghario i ffwrdd, ond y cyfan roeddwn i eisiau ei wneud oedd rhedeg adref. Ceisiais beidio ag ymddwyn fel babi mawr, yn crio o hyd. Doedd dim hances gen i ac roedd fy nhrwyn yn diferu'n ofnadwy yr holl ffordd i lawr at fy ngwefus, ond rhoddodd y fenyw garedig yn yr ambiwlans hances bapur i mi a dweud wrtha i am godi fy nghalon.

Wedyn cyrhaeddon ni'r ysbyty a dechreuais deimlo'n ofnus unwaith eto achos doeddwn i erioed wedi bod mewn ysbyty o'r blaen. Pan fyddi di'n gweld ysbyty ar y teledu, mae 'na bobl bob amser yn gweiddi dros bob man ac yn waed i gyd, ac mae 'na fyrddau lle maen nhw'n dy agor di i fyny ac mae dy du mewn di i gyd yn disgleirio mewn jeli.

Ond nid dyna sut roedd hi o gwbl. Dim ond ystafell aros oedd yno a llawer o bobl yn eistedd ar gadeiriau. Cefais fy rhoi mewn ciwbicl a daeth nyrs i siarad â mi oherwydd fy mod ar fy mhen fy hun. Fe ddaeth doctor wedyn a rhoi pwt fan hyn a fan draw i mi, a rhoi golau yn fy llygaid. Ac yna aethon nhw â fi i gael archwiliad pelydr X a wnaeth hynny ddim dolur o gwbl, er bod rhaid i mi aros yn llonydd. Dywedodd y radiolegydd wrtha i sut roedd y peiriant pelydr X yn gweithio ac wedyn gofynnais ychydig o gwestiynau, a dywedodd hi fy mod i'n ferch glyfar. Roeddwn i bron yn dechrau mwynhau fy hunan. Es i 'nôl i'r ciwbicl wedyn, i aros i'r lluniau pelydr X gael eu datblygu, ac yn sydyn clywais Mam yn galw. Yna, dyma hi'n rhuthro i mewn i'r ciwbicl, a'i hwyneb yn welw, a'i boch wedi chwyddo ar ôl y pigiadau roedd y deintydd wedi'u rhoi iddi.

'O, Mali!' meddai, a'm cofleidio'n dynn yn ei breichiau.

Roedd y peth yn hurt, ond dechreuais grio unwaith eto, a dyma hi'n fy siglo yn ei breichiau fel petawn i'n fabi go iawn.

'Dyna ti, dyna ti. Mae popeth yn iawn. Mae Mami yma.'

Gwthiais fy wyneb yn erbyn ei chorff meddal a llenwodd ei harogl tost-a-phersawr fy ffroenau. Roeddwn i'n teimlo mor ofnadwy fy mod i wedi dweud wrth Carys a'r lleill nad hi oedd fy mam go iawn fel y dechreuais grio'n waeth.

'Aros nawr, cariad bach. Dw i'n mynd i nôl nyrs. Mae'n rhaid iddyn nhw roi rhywbeth i ti i atal y boen. Dwyt ti byth yn gwneud ffws fel hyn, rwyt ti bob amser yn ferch fach ddewr.'

'Na, paid â mynd. Does dim angen y nyrs arna i. Dyw e ddim yn boenus o gwbl. O Mam, dw i wedi torri fy sbectol! Mae'n ddrwg *iawn* gen i.'

Doedd dim gwahaniaeth gan Mam o gwbl am y sbectol, er ei bod hi wedi costio llawer o arian. 'Dw i'n siŵr y byddwn ni'n gallu ei thrwsio hi â glud cryf,' meddai. 'Trueni na fyddai hi mor rhwydd i ni drwsio dy fraich fach di! Dw i'n siŵr ei bod hi wedi torri.'

Ond fel y digwyddodd hi, doedd hi ddim wedi torri o gwbl. Wedi cael ei chleisio'n ddrwg roedd hi, felly dyma nhw'n ei rhoi hi mewn rhwymyn a sling.

'Dyna ni,' meddai'r nyrs, gan blygu pob pen o'r sling yn dwt. 'Paid â neidio o dan ragor o fysiau, Mali fach.'

Gwenais yn gwrtais ond roedd Mam yn edrych yn ffyrnig.

'Nid neidio wnaeth hi. Cael ei gwthio wnaeth hi,' meddai Mam.

Doedd y nyrs ddim yn talu unrhyw sylw wrth iddi

rolio'r rhwymynnau. Gwenodd fel petai Mam yn tynnu ei choes.

'Dyw e ddim yn ddoniol,' meddai Mam yn uchel. 'Mae'n beth difrifol iawn. Fe allai hi fod wedi cael ei lladd!'

'Mam!' ochneidiais. Roedd hi'n swnio'n grac ofnadwy. Doeddwn i erioed wedi'i chlywed hi'n siarad fel yna â rhywun o'r blaen.

Rhoddodd ei braich amdanaf i'm helpu i, ond roedd ei braich hi ei hun yn crynu.

'Dere nawr, Mali,' meddai, a dyma hi'n fy ysgubo i allan o'r ciwbicl ac i lawr y coridor mor gyflym nes bod ein hesgidiau'n gwichian ar y llawr sgleiniog.

Roedd arhosfan fysiau y tu allan i'r ysbyty, ond cafodd Mam dacsi i ni yn lle hynny. Dim ond unwaith neu ddwywaith o'r blaen roeddwn i'n gallu cofio bod mewn tacsi. Petawn i ddim yn poeni cymaint, byddwn wedi mwynhau eistedd 'nôl gan esgus bod yn gyfoethog.

'Mae'r ferch fach wedi cael codwm, ydy hi?' gofynnodd y gyrrwr tacsi. 'Plant! Pan oedd ein dau fab ni yr un oedran â hi, roedden ni byth a hefyd yn yr adran ddamweiniau. Maen nhw'n eich cadw chi i aros am oriau, on'd ydyn nhw?'

'A phan gyrhaeddais i roedd fy merch fach i yno ar ei phen ei hunan bach,' meddai Mam yn ffyrnig.

'Roedd nyrs wedi bod yn siarad â mi cyn hynny, Mam. Doedd dim gwahaniaeth gen i,' meddwn i.

'A feddylion nhw ddim y dylen nhw ei chadw hi i mewn dros nos rhag ofn ei bod hi wedi cael ergyd ar ei phen,' meddai Mam.

'Ond edrychodd y meddyg yn fy llygaid i ac edrych drosof i i gyd,' meddwn i.

'Wel, cyn gynted ag y byddwn ni'n cyrraedd adref fe fydda i'n ffonio Dr Morgan ac fe gawn ni weld beth yw ei farn e,' meddai Mam.

Mynnodd Mam fy mod i'n mynd i'r gwely'n syth ar ôl cyrraedd adref, er 'mod i'n dal i ddweud fy mod i'n iawn. Roedd yn rhaid iddi fy helpu i dynnu fy nillad achos bod pethau mor lletchwith a'm braich mewn sling – fy mraich dde oedd hi hefyd, felly roeddwn i'n llawer mwy trwsgl wrth geisio ymdopi â'm llaw chwith.

Gwnaeth Mam fyrbryd arbennig i mi ar ei hambwrdd du gorau a phabi oren arno. Roedd y bwyd yn oren hefyd: melynwy oren yr wy wedi'i ferwi, tanjerîns oren, darnau oren yng nghacen foron Mam a sudd oren i'w yfed.

Chwiliais o dan fy ngobennydd am Olwen yr orangwtang. Dw i'n casglu mwncïod. Mae gen i ddau ddeg dau nawr. Mae rhai'n hen ofnadwy a mwncïod Mam oedden nhw pan oedd hi'n ferch fach. Mae 'na gorila enfawr sydd bron mor fawr â fi – Dad roddodd e i mi

27

y Nadolig diwethaf. Dw i'n hoffi pob un ohonyn nhw, ond Olwen yw fy ffefryn. Mae hi tua maint fy llaw ac mae hi'n feddal iawn, yn flewog iawn ac yn oren iawn.

Rhoddais hi yn y gwely wrth fy ymyl a rhoi ychydig o'r bwyd oren iddi. Pan oedden ni'n dwy wedi gorffen, rhoddais reid iddi yn y sling.

'Bydd yn ofalus â dy fraich!' meddai Mam. 'Pwrpas y sling yw dy fod ti'n ei *gorffwyso* hi. Paid â'i siglo hi o gwmpas fel yna.' Eisteddodd ar erchwyn fy ngwely, gan edrych yn ddifrifol iawn. 'Nawr 'te, cariad. Dw i eisiau i ti ddweud wrtha i beth ddigwyddodd yn union.'

Dechreuodd fy nghalon guro'n wyllt o dan fy ngŵn nos. Cydiais yn dynn yn Olwen â fy llaw chwith. Edrychais i lawr ar y llestri gwag ar yr hambwrdd pabi.

'Rwyt ti'n gwybod beth ddigwyddodd, Mam. Fe redais i allan i'r stryd. Ac fe ddaeth y bws. Mae'n ddrwg gen i, dw i'n gwybod y dylwn i fod wedi edrych yn gyntaf. Wnaf i mo hynny byth eto, dw i'n addo. Paid â bod yn grac.'

'Dw i ddim yn grac, Mali,' meddai Mam. 'Nawr, dwed wrtha i *pam* rhedaist ti allan i'r stryd.'

Ond canodd cloch y drws, gan dynnu ein sylw. Dr Morgan oedd yno; roedd e newydd orffen ei waith yn y feddygfa. Roedd e'n iawn i ddechrau, dywedodd bethau caredig am Olwen a'r holl fwncïod eraill, a dywedodd fod Mam wedi gwneud jobyn proffesiynol wrth roi'r rhwymyn a'r sling am fy mraich.

'Y nyrs yn yr ysbyty wnaeth e,' meddwn i, ac wedyn aeth Dr Morgan braidd yn grac, gan ddweud nad oedd pwynt iddo roi archwiliad i mi os oeddwn i wedi bod i'r ysbyty'n barod.

Teimlais fy nhu fewn yn mynd yn glymau i gyd wrth iddyn nhw ddadlau. Llithrais yn bellach ac yn bellach o dan y cwilt, trueni na allwn i fod wedi gallu cwtsio'r holl ffordd oddi tano a chwarae ogofâu gyda fy mwncïod. Doeddwn i ddim eisiau dod i'r golwg unwaith eto, hyd yn oed ar ôl i Dr Morgan fynd, achos gwyddwn fod Mam yn mynd i ddechrau gofyn cwestiynau eto a wyddwn i ddim beth i'w ddweud. Felly dyma fi'n esgus teimlo'n gysglyd a dweud fy mod i eisiau cysgu am ychydig.

Fel arfer roedd Mam yn meddwl bod cysgu'n beth da, ond nawr dechreuodd deimlo fy nhalcen a gofyn a oedd fy mhen yn dost. Sylweddolais dy fod ti'n teimlo'n gysglyd os wyt ti'n cael ergyd ar dy ben. Dechreuais boeni a oeddwn i wedi cael ergyd wedi'r cyfan, achos roeddwn i'n dechrau cael cur pen. Dechreuais deimlo'n ofnus, a Mam hefyd, er ei bod hi'n dweud wrtha i drwy'r amser y byddwn i'n iawn ac na ddylwn i boeni.

Wedyn clywsom y car y tu allan. Roedd Dad wedi cyrraedd adref o Gaerdydd. Rhedodd i fyny'r grisiau pan glywodd lais Mam. Dydy e byth yn edrych fel

Dadi pan fydd e'n gwisgo'i siwt streipiau i'r swyddfa. Mae e bob amser yn cael cawod ac yn newid i'w smoc pysgotwr a hen drowsus llac yn syth ar ôl cyrraedd adref. Mae e hefyd yn edrych fel petai wedi gwisgo'i hen wyneb hapus Dad hefyd. Ond nawr, anghofiodd bopeth am newid ei ddillad. Eisteddodd ar fy ngwely tra oedd Mam yn adrodd y stori i gyd. Dechreuodd yn dawel ond aeth ei llais yn uwch ac yn uwch. Pan soniodd hi am y profiad o ddod 'nôl adref ar ôl bod gyda'r deintydd, a gweld menyw yn aros amdani ar riniog ei drws i ddweud wrthi fy mod i wedi bod mewn damwain, dechreuodd feichio crio.

'Paid, Mam!' meddwn i, gan ddechrau crio hefyd. 'Mae'n ddrwg gen i. Ond dw i wir yn iawn nawr, dw i'n credu mai dim ond pen tost arferol sydd gyda fi, a dydy fy arddwrn ddim yn brifo o gwbl, felly paid â llefain, *plîs*.'

Rhoddodd Dad ei freichiau am bob un ohonon ni tan i ni dawelu. Aeth Mam i wneud cwpaned o siocled poeth i ni i gyd, gan snwffian o hyd. Rhoddodd Dad gwtsh arall i mi.

'Y peth pwysig yw dy fod ti'n ddiogel, cariad. Paid â phoeni am Mam. Mae hi ar bigau'r drain ar hyn o bryd, ac mae hi'n gorfod cael yr holl waith 'na ar ei dannedd, a nawr rwyt ti'n taro yn erbyn bws! Druan â Mam. Druan â Mali.'

Gwnaeth i Olwen sychu fy llygaid â'i phawennau meddal ac roeddwn i'n chwerthin erbyn i Mam ddod 'nôl i'r ystafell gyda'r hambwrdd. Roeddwn i'n gobeithio bod popeth wedi'i setlo. Ond wedyn dechreuodd Mam sôn am stori'r fenyw – bod y merched wedi bod yn rhedeg ar fy ôl. Eisteddodd Dad i fyny'n syth, ac roeddwn i'n gwybod na fyddai rhagor o chwerthin.

'Pa ferched redodd ar dy ôl di, Mali?' gofynnodd Dad.

'Y tair merch 'na sydd wrthi eto, yntê?' meddai Mam. 'Manon a'r ferch fawr gas yna a'r ferch fach â'r gwallt cyrliog. Dw i ddim yn deall sut gall Manon fod mor gas, roedd hi'n edrych yn ferch neis iawn, ac roeddwn i a'i mam yn ffrindiau da. Dw i'n mynd i'w ffonio hi a –'

'Nag wyt! Nag wyt, chei di ddim!' meddwn i.

'Mae'n rhaid i ni ddatrys y broblem, wrth gwrs,' meddai Mam. 'Mae'n rhaid i'w mamau nhw gael gwybod. Fe ddylwn i fod wedi taclo hyn ar y dechrau'n deg pan ddechreuon nhw droi yn dy erbyn.

Ac fe fydd yn rhaid i ni fynd i'r ysgol hefyd a dweud wrth dy athrawes –'

'*Na fydd!* Chei di ddim!' meddwn i'n druenus.

'Gan bwyll nawr, Mali fach. Hei, rwyt ti'n gollwng dy siocled poeth i gyd. Pam mae golwg mor boenus arnat ti? Ydy'r merched hyn wedi dy fygwth di go iawn? Ydyn nhw wedi gwneud i ti gadw'r cyfan yn gyfrinach? Wyt ti'n wir yn eu hofni nhw?' gofynnodd Dad.

'Wrth *gwrs* ei bod hi'n ei hofni nhw, druan fach. Roedd hi'n ei hofni nhw cymaint, fe redodd hi allan i'r stryd. Arswyd y byd, pan dw i'n *meddwl* beth allai fod wedi digwydd! Fe allai hi fod wedi mynd reit o dan y bws a –' Roedd Mam yn dechrau llefain eto.

'Mali, mae'n rhaid i ti ddweud wrthon ni'n union beth wnaeth y merched hyn,' meddai Dad.

'Wnaethon nhw ddim byd!' meddwn i'n wyllt. 'Fe fyddai hi'n dda gen i petaech chi'n rhoi'r gorau i sôn am y peth. A rhaid i chi beidio â dweud wrth eu mamau na neb yn yr ysgol neu –'

'Neu beth, cariad?' meddai Dad.

'Fe fyddan nhw i gyd yn fy nghasáu i,' llefais.

'Paid â bod yn ddwl, Mali. Sut gallai unrhyw un dy gasáu di?' meddai Mam. 'Rwyt ti'n ferch hyfryd. Mae pob un o dy athrawon yn dweud bob amser ei bod hi'n bleser dy gael di yn eu dosbarth nhw. Mae'n debyg fod y merched yna'n eiddigeddus oherwydd mai ti yw'r disgybl gorau yn y dosbarth ac rwyt ti'n amlwg yn

cael llawer o ofal a chariad. Dw i'n gwybod bod mam Manon yn poeni'n fawr fod yr ysgariad wedi effeithio tipyn ar Manon. Ond wedyn, dydy hynny ddim yn esgus dros fwlian a rhedeg ar dy ôl di allan i'r stryd.'

'Nid *Manon* oedd wrthi, ond Carys –' snwffiais.

'O. Pa ferch yw hi?' meddai Dad.

'Y ferch fawr 'na – yr un sy'n edrych yn llawer hŷn na'i hoedran. Dw i bob amser wedi meddwl mai hen un fach gas yw hi. Dw i wedi'i chlywed hi'n dweud pethau dwl iawn y tu ôl i'm cefn *i*,' meddai Mam. 'Felly beth roedd hi'n 'i ddweud wrthot ti'r prynhawn 'ma, Mali?'

'D – dw i ddim yn cofio.'

'Nawr 'te, cariad, mae'n eithaf pwysig dy fod ti'n trio cofio,' meddai Dad. 'Mae'n rhaid i ni fynd at wraidd y broblem, hyd yn oed os yw'r cyfan yn dy ypsetio di. Mae'r ferch Carys 'ma'n codi ofn arnat ti, ydy hi? Ydy hi'n dy fwrw di weithiau?'

'Nac ydy!'

'Wyt ti'n siŵr, Mali? Mae hi'n fwy o lawer na ti.

A phan oedd hi'n rhedeg ar dy ôl di, wyt ti'n *siŵr* na wthiodd hi ti?'

'Naddo, wnaeth hi ddim; dwi'n addo,' meddwn i. 'Gwrandewch, plîs. Dw i ddim eisiau siarad am y peth.'

Roedd Mam ar y naill ochr i'r gwely, a Dad ar y llall. Roeddwn i'n teimlo 'mod i wedi cael fy ngwasgu rhyngddyn nhw, a doedd dim modd dianc – doedd dim pall ar eu cwestiynau nhw.

'Dw i'n gwybod bod hyn yn dy ypsetio di, cariad, ond mae'n rhaid i ni wybod,' meddai Dad. '*Pam* roeddet ti'n rhedeg oddi wrthyn nhw?'

'Dim ond – dim ond eisiau cyrraedd adref roeddwn i.'

'Ond beth roedden nhw'n 'i ddweud?' meddai Mam.

'Dw i *wedi dweud* hyn unwaith, dw i ddim yn cofio!' gwaeddais.

'Mali?' Roedd y ddau'n edrych arnaf mor ddifrifol, ac mor drist.

'Dere nawr, Mali, dydyn ni byth yn cadw unrhyw gyfrinachau i'n hunain yn ein teulu ni,' meddai Mam.

'Fe alli di ddweud unrhyw beth wrthon ni,' meddai Dad.

Ond allwn i ddim dweud dim byd.

'Dw i wir ddim yn gallu cofio,' mynnais. 'Mae 'mhen i'n dost hyd yn oed wrth feddwl am y peth. Plîs gaf i fynd i gysgu? *Plîs?*'

Felly roedd rhaid iddyn nhw roi'r ffidil yn y to. Gorweddais yno yn fy ystafell wely ar ôl iddyn nhw fynd ar flaenau eu traed i lawr y grisiau. Doedd hi ddim yn agos at fod yn dywyll eto. Doeddwn i ddim yn gysglyd o gwbl. Allwn i ddim peidio â meddwl am Carys a Sara a Manon. Trueni mai Mali Williams oeddwn i. Dechreuais chwarae'r gêm esgus. O'r gorau, nid Mali Williams, y ferch fach ddiflas, neis-neis oeddwn i nawr. Ceri Enfys oeddwn i. Roeddwn i'n cŵl. Roeddwn i'n lliwgar. Roeddwn i'n gwisgo llwyth o golur ac roedd fy ngwallt wedi'i dorri'n ffasiynol. Roddwn i'n gwisgo'r dillad mwyaf gwych a rhywiol. Roedd gen i dyllau yn fy nghlustiau a thlws yn fy nhrwyn. Doedd dim mam gen i. Doedd dim tad gen i. Roeddwn i'n byw ar fy mhen fy hun mewn fflat fodern anhygoel. Weithiau roedd fy ffrindiau'n aros dros nos yn y fflat. Roedd gen i lwythi o ffrindiau ac roedden nhw i gyd eisiau i mi fod yn ffrind *gorau* iddyn nhw.

Es i gysgu pan oeddwn i'n Ceri Enfys ond wedyn dihunodd Mam fi wrth dacluso'r cwilt ac wedyn allwn i ddim mynd 'nôl i gysgu am oesoedd. Allwn i ddim atal fy hunan rhag bod yn Mali Williams yng nghanol y nos. Fe wnes i droi a throsi wrth i'r cloc daro bob chwarter awr, gan feddwl am fynd i'r ysgol yfory. Gan feddwl am Manon a Sara. A Carys . . .

Daeth Mam â brecwast i mi yn y gwely, ar yr hambwrdd pabi. Rhoddodd ei llaw ar fy nhalcen ac edrych ar fy wyneb.

'Rwyt ti'n dal i edrych yn welw iawn ac mae cylchoedd duon o dan dy lygaid. Dw i'n credu y byddai hi'n well i ti gael diwrnod tawel yn y gwely, rhag ofn,' meddai Mam.

Am unwaith roeddwn i mor, mor hapus fod fy mam yn poeni cymaint a bob amser yn ffysian. Doedd dim rhaid i mi wynebu Carys a Manon a Sara. Gallwn i aros gartref. Yn ddiogel.

Ffoniodd Mam ei swyddfa ac esgus ei bod hi'n dost.

'Dw i ddim yn dweud celwydd go iawn, Mali,' meddai'n anghyfforddus. 'Mae fy nannedd yn dal i wynio.'

'Ond fe allet ti fod wedi mynd i'r gwaith, Mam. Fe fyddwn i'n iawn ar fy mhen fy hun,' meddwn i.

'Mae hi'n llawer gwell gen i aros gartref gyda ti, cariad,' meddai Mam.

Doedd Mam ddim yn mwynhau ei gwaith ryw lawer beth bynnag. Ysgrifenyddes i gyfarwyddwr cwmni oedd hi, ond roedd ei chwmni wedi newid ei gyfarwyddwr ac roedd yr un newydd yn ifanc a doedd gan Mam ddim rhyw lawer o feddwl ohono. Roedd hi'n rhannu swydd â menyw arall, a doedd gan Mam ddim llawer o feddwl o ysgrifenyddes y prynhawn chwaith. Roedd hi'n rhy ifanc.

Aeth hi'n gynhyrfus wrth ddweud popeth wrtha i amdanyn nhw a dechreuais innau ddiflasu, ond gwnes fy ngorau i nodio 'mhen yn y mannau iawn. Wedyn gwnaeth Mam ei gorau i chwarae gyda mi, ond aeth hynny braidd yn ddiflas hefyd. Roeddwn i'n falch pan aeth hi lawr llawr i wneud cinio. Ceisiais liwio gyda fy mhennau ffelt ond roedd fy arddwrn yn rhy boenus. Cefais gymaint o lond bol nes i mi fwrw'r hambwrdd i'r llawr. Roedd pennau ffelt o bob lliw dros y carped i gyd. Codais o'r gwely dan ochneidio, a dechrau codi pob un. Roedd sawl un wedi rholio'r holl ffordd draw at y ffenest. Cerddais innau at y ffenest ond doeddwn i ddim yn medru gweld yn glir a syllu allan, drwy fy sbectol oedd wedi'i gludio wrth ei gilydd. Roedd rhywun yn siglo'r bygi babi yn yr ardd yr ochr arall i'r stryd.

Roedd babis yno bob amser. Mam faeth oedd Mrs Hughes. Ond, yn bendant, nid Mrs Hughes oedd y person wrth y bygi. Mae Mrs Hughes yn fawr ac mae hi'n gwisgo hen ddillad Indiaidd. Roedd y person yma'n fach ac yn peri syndod. I ddechrau, ro'n i'n meddwl mai oedolyn oedd hi. Roedd hi'n gwisgo siorts byr byr a thop oedd yn dangos ei bola, a sodlau mawr uchel. Ond pan graffais i edrych arni, gwelais nad oedd ei hwyneb yn hen o gwbl, er ei bod hi'n gwisgo llawer o golur. Roedd ganddi wallt byr pigog oedd yn fwy oren na choch, yn union yr un lliw â ffwr Olwen yr orang-wtang.

Edrychodd i fyny a'm gweld innau'n syllu arni drwy'r ffenest. Gwnaeth lygaid croes a thynnu ei thafod allan, ac yna cododd ei llaw arna i. Fel petaen ni'n adnabod ein gilydd.

MELYN

Melyn

Roedd galwad ffôn i mi amser cinio.

'Bachgen!' sibrydodd Mam, gan roi'r ffôn i mi.

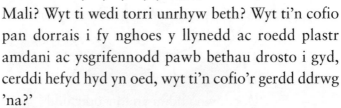

Syllais ar y ffôn fel petai'n anifail gwyllt. Roedd 'na lais yn dweud rhywbeth. Daliais y derbynnydd yn ofalus iawn i'm clust.

'. . . felly chadwon nhw mohonot ti yn yr ysbyty'n hir, Mali? Wyt ti wedi torri unrhyw beth? Wyt ti'n cofio pan dorrais i fy nghoes y llynedd ac roedd plastr amdani ac ysgrifennodd pawb bethau drosto i gyd, cerddi hefyd hyd yn oed, wyt ti'n cofio'r gerdd ddrwg 'na?'

Dim ond Arthur Puw oedd yno. Doeddwn i ddim wir yn nerfus wrth siarad â fe.

'Dw i wedi brifo fy arddwrn, ond does dim problem, dim ond mewn sling mae'r fraich. Alli di ddim ysgrifennu arni achos dim ond rhwymyn sydd amdani.'

'O, wel. Dim ots. Hynny yw, dw i'n falch dy fod ti'n iawn.'

'Mmmm.'

'Wyt ti'n *siŵr* dy fod ti'n iawn? Chest ti ddim ergyd ar dy ben, do fe? Dwyt ti ddim yn dweud llawer.'

'Dwyt ti ddim yn rhoi cyfle i fi,' meddwn i.

Rhoddodd Arthur Puw chwerthiniad fel ci bach dwl, *iaaa-iaaa-iaaa*, ond roedd e'n dal i swnio'n bryderus.

'Mali?'

'Ie?'

'Mmm. Mali?' meddai eto. Yn sydyn roedd e'n methu dweud dim.

'Beth?'

'Dw i'n teimlo'n wael am ddoe. Dim ond sefyll 'na wnes i. Pan oedden nhw'n dweud yr holl bethau 'na.'

'Wel, nid amdanat ti roedden nhw'n sôn.'

'Nage, ond dylwn i fod wedi dy achub di.'

'Y, beth?' meddwn i, gan bwffian chwerthin. Mae Arthur Puw yn llai na fi a fe yw'r un sydd o hyd yn cael ei adael tan y diwedd pan fydd pobl yn pigo timau ar gyfer gêmau.

'Doeddwn i ddim yn foneddigaidd iawn,' meddai Arthur.

'Y, beth?' meddwn innau eto.

'Mali, paid â siarad mor wael,' sibrydodd Mam yn y cefndir. 'Pwy *yw*'r bachgen 'ma?'

'Mae Arthur yn fy nosbarth yn yr ysgol,' meddwn i.

'Dw i'n gwybod fy mod i yn dy ddosbarth yn yr ysgol,' meddai Arthur. 'Mali, dw i'n credu dy *fod* ti wedi cael ergyd ar dy ben.'

'Nac ydw, dim ond dweud wrth Mam pwy wyt ti roeddwn i, dyna i gyd.'

'Mae dy ginio di'n oeri, Mali,' meddai Mam. 'Dere, cariad. Dwed hwyl fawr.'

'Mae'n rhaid i mi fynd mewn munud, Arthur,' meddwn i. 'Boned beth?'

'Beth wyt ti'n feddwl?'

'Ti ddywedodd nad oeddet ti'n foned neu rywbeth. Ddoe.'

'Boneddigaidd! Fel marchog. Fel yr Arthur go iawn, y Brenin Arthur. Achubais i mo'r ferch oedd mewn perygl, do fe? Dim ond sefyll wnes i, yn union fel petai boned am fy mhen. Yn ofnus. Yn llwfr. Dyna fel ro'n i ddoe.'

'Mae'n iawn, Arthur. Wir i ti. Beth bynnag, dw i'n llwfr hefyd.'

'Wyt, ond mae'n iawn i ti, achos mai merch wyt ti.'

'Edrych, nid yng nghyfnod y marchogion rydyn ni'n byw. Dydy merched ddim i fod i gael eu hachub nawr. Maen nhw i fod i ofalu am eu hunain.'

'Ond roedd tair ohonyn nhw a dim ond un ohonot ti. Hen lwfrgi gwael dw i. Ac mae'n ddrwg gen i. Mae'n ddrwg iawn gen i, Mali.'

'Popeth yn iawn, Arthur,' meddwn i'n gwrtais. 'Mae'n rhaid i mi fynd i gael cinio nawr. Hwyl.'

Roeddwn i'n teimlo'n falch fod Arthur wedi fy ffonio i. Doedd dim un bachgen wedi fy ffonio o'r blaen. Roedd hynny'n deimlad braf. Roeddwn *i*'n teimlo'n braf.

Ond y bore canlynol mynnais fy mod i'n teimlo'n wael iawn.

'Dw i ddim yn teimlo'n iawn o gwbl, Mam,' meddwn i. 'Ac mae fy arddwrn yn *boenus*.'

'O, cariad.' Edrychodd Mam arnaf yn bryderus. Roedd Dad wedi mynd i'r gwaith yn barod. Doedd neb ganddi i drafod y peth.

'*Plîs* gaf i aros gartref?'

Rhoddodd Mam ei llaw ar fy nhalcen ac edrych arnaf yn ofalus.

'Dw i ddim yn credu bod gwres arnat ti. Ond rwyt ti'n dal i edrych ychydig yn welw. Ac mae'n debyg nad oes llawer o bwynt mynd i'r ysgol os na alli di ysgrifennu'n iawn. O'r gorau. Mae'n ddydd Gwener beth bynnag. Ond fe fydd yn rhaid i ti fynd 'nôl i'r ysgol ddydd Llun, Mali.'

Roedd dydd Llun fel petai'n bell iawn i ffwrdd. Gallwn geisio anghofio am y peth am y tro.

Ceisiais berswadio Mam i fynd 'nôl i'r gwaith.

Addewais y byddwn yn iawn ar fy mhen fy hunan. Dywedais y byddwn hyd yn oed yn aros yn y gwely fel ei bod hi'n siŵr fy mod i'n hollol ddiogel. Ond gwrthod yn deg wnaeth hi. Ffoniodd i ddweud ei bod yn dost eto.

'On'd ydyn ni'n ferched drwg?' meddai Mam. 'Beth am goginio ychydig gyda'n gilydd, ie? Fe gaiff Dadi syrpréis pan ddaw e adref o'r gwaith. Fe wnaf i gacen i ti – cacen eisin siocled neu goffi? Dewis di, cariad. A chacennau bach? Ac wedyn beth am ddynion sinsir?'

Allwn i ddim helpu llawer wrth ridyllu a chymysgu – ond llwyddais yn rhyfeddol i lyfu'r bowlen â fy llaw chwith.

Pan oedd y cacennau a'r bisgedi i gyd yn coginio, gan lenwi'r tŷ ag aroglau cynnes melys, gadewais Mam i wneud y llestri ac es i fyny'r grisiau i'm hystafell wely i nôl llyfr. Syllais draw ar dŷ Mrs Hughes. Roedd y bygi babi yn yr ardd a gallwn weld y babi ar ei gefn yn codi ei goesau yn yr awyr. Ond doedd dim sôn am y ferch â'r gwallt oren.

Es 'nôl i'm hystafell wely sawl gwaith yn ystod y bore. Roedd y babi'n llefain un tro, ond Mrs Hughes ddaeth allan i roi sylw iddo. Aeth hi ddim ati i siglo'r bygi, dim ond ei wthio i'r tŷ. Ond wedyn, ychydig cyn cinio, dyma fi'n ei gweld hi! Y ferch. Roedd hi'n cerdded i lawr y stryd tuag at y tŷ gan gario dau fag siopa. Roedd hi'n gwisgo ei sodlau uchel eto, felly roedd hi'n anodd iddi gadw'i chydbwysedd. Roedd hi'n gwisgo *leggings* heddiw a chrys-T â wyneb dyn arno. Dyfalais mai seren roc oedd e.

Roedd hi'n gwrando ar gerddoriaeth ac yn symud ei phen oren i'r curiad yn ei chlustiau. Dyma hi hyd yn oed yn dechrau gwneud dawns fach ddoniol er gwaethaf ei hesgidiau a'r siopa. Gwenais – ac yn sydyn edrychodd i fyny a'm gweld.

Symudais 'nôl y tu ôl i'r llenni, a'm calon yn curo fel gordd. Clywais glwyd Mrs Hughes yn gwichian a sŵn *clip clop clip*. Edrychais o gwmpas y llenni. Roedd hi'n dal i droi ei phen i fyny ataf i. Pan welodd hi fi'n edrych, cododd ei llaw eto. Codais innau fy llaw, er i mi geisio codi fy mraich yn y sling yn gyntaf ac wedyn newidiais i'm braich chwith, gan deimlo'n dwp ac yn drwsgl. Dechreuodd symud ei cheg. Roeddwn i'n meddwl ei bod hi'n canu i'r gerddoriaeth, ond roedd hi'n edrych yn syth arna i.

Syllais y tu ôl i'm sbectol, gan geisio darllen ei gwefusau. Doedd dim yn tycio. Ysgydwais fy mhen mewn anobaith. Gollyngodd y bagiau siopa ar y palmant a gwneud ystumiau agor a gwthio. Ddeallais i mo hynny chwaith am funud, ac wedyn sylweddolais. Roedd hi eisiau i mi agor y ffenest. Ond allwn i ddim agor y ffenestri mawr oherwydd bod cloeon arbennig arnyn nhw, felly roedd yn rhaid i mi ysgwyd fy mhen eto.

Dyma hi'n ochneidio ac yn codi ei haeliau, ac yna cododd ei bagiau a churo ar ddrws Mrs Hughes â'i phenelinoedd. Roedd hi mor denau, roeddwn i'n synnu nad oedd hi'n cael dolur.

Treuliais hanner y prynhawn yn syllu allan drwy'r ffenest, gan obeithio y byddai hi'n dod allan eto.

'Paid ag edrych yn ddiflas, Mali,' meddai Mam. 'Dw i wedi gwneud siocled poeth – ac fe gawn ni weld sut rai yw'r cacennau bach, ie? Dere nawr, cwyd dy galon.'

Cododd Mam fy mhlethau i fyny a thynnu. Roeddwn i i fod i wenu.

Siglais fy mhen yn rhydd.

'Mam, gaf i fynd i dorri fy ngwallt?'

'O, cariad, paid â bod yn ddwl. Mae dy wallt di'n hyfryd.'

'Nac ydy, dydy e ddim. Dw i wedi cael llond bol ar wallt hir. A dw i ddim eisiau plethau eto, does gan *neb* blethau'r dyddiau hyn, mae'n edrych yn ddwl. Gaf i dorri 'ngwallt yn fyr – a rhyw fath o sticio i fyny?'

'Fel nyth brân!' meddai Mam, gan gnoi cacen fach.

'Mam, oes merched gan Mrs Hughes? Rhai go iawn, dw i'n meddwl, nid y rhai mae hi'n eu maethu.' Dechreuais lyfu'r eisin oddi ar fy nghacen fach.

'Paid â'i bwyta hi fel yna, cariad. Oes, dw i'n meddwl bod merch wedi tyfu i fyny gyda hi sy'n byw yng Nghanada.'

'Dyw'r ferch hon ddim wedi tyfu i fyny.'

'Pa ferch?'

'Yr un yn nhŷ Mrs Hughes. Fe'i gwelais i hi ddoe. A heddiw. Roedd hi'n helpu gydag un o'r babis ac yn gwneud y siopa.'

'Efallai fod wyres ganddi, felly. Tua'r un oedran â ti?'

'Yn hŷn na fi.'

'Wel, fe fyddai hi'n braf petai rhywun gyda ti i fod yn ffrind i ti. Gan fod Manon wedi troi mor ddwl nawr.'

Crynais, roeddwn i eisiau cadw draw o fyd arswydus yr ysgol.

'Wn i, Mali! Beth am i ti fynd â rhai o'r cacennau bach hyn at Mrs Hughes? Mae llawer gormod fan hyn i ni. Ac fe gei di gyfle i ddod i adnabod y ferch 'ma.'

'Na, Mam! Dw i ddim eisiau,' meddwn i, gan deimlo'n hynod o swil mwyaf sydyn.

'Paid â bod yn swil,' meddai Mam, gan drefnu'r cacennau'n ofalus yn un o'i blychau plastig. 'Dyna ni! Draw â ti.'

'Na, Mam. Plîs. Fe fyddwn i'n teimlo'n dwp,' meddwn i.

Roeddwn i bron â thorri fy mol eisiau dod i adnabod y ferch ac eto allwn i ddim cerdded draw a churo ar eu drws nhw. Roedd hi wedi gwenu a chodi ei llaw, ac eto roedd hi wedi tynnu wyneb hefyd. Roedd hi'n edrych fel petai hi'n gallu bod yn ferch galed ofnadwy os oedd hi eisiau ymddwyn felly. Hyd yn oed yn fwy caled na Carys.

'Hen un fach ddoniol wyt ti,' meddai Mam yn annwyl. 'Wyt ti eisiau i fi ddod gyda ti?'

'Dw i ddim eisiau mynd o gwbl,' meddwn i, a gwrthod symud.

Felly aeth Mam draw i weld Mrs Hughes ar ei phen ei hun. Arhosais innau yn y gegin, gan wneud patrwm ym mriwsion y cacennau. Roedd Mam wedi mynd ers amser hir. Trueni nad oedd digon o blwc gen i i fynd draw ar fy mhen fy hun. Byddai Ceri Enfys wedi rhuthro ar draws y stryd heb feddwl ddwywaith. Pam dw i bob amser mor llwfr? Maen nhw'n dweud fy mod i'n llwfr yn yr ysgol. Ac maen nhw'n galw enwau arna i. Babi. A Merch y Plethau. A Miss Sbectol. Roedd Carys yn creu enwau newydd, gêmau newydd, bron bob dydd.

Beth fyddai hi'n 'i wneud i mi ddydd Llun?

Gwthiais gacen fach arall i'm ceg er fy mod i'n dechrau teimlo'n sâl. Wedyn clywais y drws ffrynt yn agor. Roedd Mam 'nôl, a'i bochau'n edrych braidd yn goch.

'Caton pawb, dyna brofiad lletchwith,' meddai hi. 'Mali! Y ferch ddwl, ddywedaist ti ddim wrtha i sut un oedd y Tania 'ma.'

Tania! Enw gwahanol, anarferol. Cystal â Ceri. Na, *gwell*. Roedd yr enw'n gweddu iddi i'r dim.

'Tania,' meddwn i'n freuddwydiol.

'Wyddost ti, mae hi'n galw Mrs Hughes yn 'Siân' – dim *Anti* Siân hyd yn oed. Er nad yw hi'n perthyn, wrth gwrs. Plentyn maeth yw hi. Roedd rhyw drafferth yn y cartref diwethaf roedd hi ynddo. Mae hi i fod yn dda iawn gyda phlant bach, felly dywedodd Mrs Hughes y byddai hi'n rhoi cartref iddi am ychydig wythnosau. Mae hi'n dweud ei bod hi'n hoffi helpu. Ond y *golwg* sydd arni!'

'Dw i'n meddwl ei bod hi'n edrych yn hyfryd,' meddwn i.

'O, Mali,' meddai Mam, a chwarddodd am fy mhen. 'Ond roedd hi fel petai hi'n dy hoffi di hefyd, roedd hi'n gofyn popeth amdanat ti. Ac roedd hi eisiau dy wahodd di draw, ond fe ddywedais i nad oeddet ti'n dda iawn ar ôl damwain gas, a dy fod ti'n gorffwyso am ychydig.'

'*Mam!*'

'Ond ti ddywedodd nad oeddet ti eisiau mynd draw. Ti fynnodd aros fan hyn!'

'Do, ond – os yw hi *eisiau* i mi fynd . . .'

'Wel, fe fyddai'n llawer gwell gen i petait ti ddim yn mynd. Merch fel yna! Does gyda chi ddim yn gyffredin. Mae hi'n llawer hŷn na ti beth bynnag. Roeddwn i'n meddwl ei bod hi'n un ar bymtheg o leiaf ond dim ond pedair ar ddeg yw hi, alli di gredu'r peth? Y sodlau roedd hi'n eu gwisgo! Gobeithio bod Mrs Hughes yn gwybod beth mae hi'n 'i wneud.' Twt-twtiodd Mam y tu ôl i'w dannedd.

Briwsionais weddill y gacen fach, gan ddifaru nad oeddwn i wedi mynd draw i dŷ Mrs Hughes fy hunan. Byddai Tania'n meddwl fy mod i'n fabi anobeithiol nawr, ar ôl clywed Mam yn siarad amdanaf i. Babi anobeithiol oeddwn i. Fyddai Tania byth eisiau dod yn ffrindiau gyda fi go iawn.

Ond lai nag awr yn ddiweddarach roedd cnoc ar y drws. *Cnoc-noc-noc* hapus.

'Tybed pwy sy 'na?' meddai Mam, a chodi ar ei thraed.

Roeddwn i'n gwybod!

'Haia!' meddai Tania, yn syth ar ôl i Mam agor y drws. Llyfodd ei gwefusau fel petai hi'n mynd ar ôl briwsion. 'Diolch am y cacennau bach, roedden nhw'n wych.' Estynnodd y plât gwag.

'Dwyt ti ddim wedi bwyta'r cyfan?' meddai Mam, wedi synnu.

'Wrth gwrs 'mod i,' meddai Tania. 'Wel, fe lyfodd Sam a Macs yr eisin oddi ar rai ohonyn nhw. Dyw'r babi ddim yn gallu bwyta cacennau achos does dim dannedd gyda fe eto ac mae'r hen Siân druan yn ceisio cadw at ryw hen ddeiet dwl. Felly fe fues i'n lwcus, on'd do?' Rhoddodd ei llaw ar ei bola a oedd yn hollol wastad a wincio. Doedd hi ddim yn edrych ar Mam nawr. Roedd hi'n edrych yn syth heibio iddi, arna i.

'Mali wyt ti, yntê?' meddai hi.

Nodiais.

'Gad i ni gael sgwrs, 'te,' meddai Tania, a martsio i mewn i'r cyntedd yn ei sodlau uchel, gan osgoi cluniau mawr Mam.

Trodd Mam ar ei sawdl, gan wgu.

'Wel, dw i wir yn meddwl y dylai Mali orffwyso am dipyn nawr,' meddai yn ei llais mwyaf awdurdodol. 'Rywbryd eto, efallai.' Pan fydda i'n clywed y llais yna mae fy stumog bob amser yn mynd i'w gilydd a dw i'n gwneud fel mae hi'n ei ddweud.

Ond dim ond chwerthin wnaeth Tania. Ddim yn eofn. Roedd ganddi chwerthiniad iach hyfryd a oedd yn gwneud i bawb eisiau gwenu hefyd. Hyd yn oed Mam.

'Ond mae hi wedi bod yn *gorffwyso*, on'd wyt ti, Mali? Rwyt ti eisiau i mi ddod i chwarae gyda ti, on'd wyt ti?'

Roedd hi'n siarad â mi fel petawn i'n llawer iau, yn un o blant bach Mrs Hughes. Doedd dim gwahaniaeth gen i.

Nodiais, roeddwn i'n dal i fethu dweud gair.

Roedd Tania wedi dod i ganol y cyntedd ac roedd hi wrth fy ochr nawr. Estynnodd ei llaw a chyffwrdd â'm braich. Roedd ei hewinedd hi wedi'u peintio'n biws er ei bod hi wedi'u cnoi nhw hyd nes bod blaenau eu bysedd wedi chwyddo. Ond rywsut roedd hi'n dal i edrych yn smart.

'Dangos dy ystafell wely i mi, 'te,' meddai Tania, gan roi pwt bach i mi.

Dechreuais gerdded i fyny'r grisiau'n ufudd, a Tania'n dilyn. Roedd hi'n curo alaw ar y canllaw â'i hewinedd byr. Cafodd Mam ei gadael yn y cyntedd, a'r drws ffrynt yn dal ar agor er ei bod hi'n amlwg fod Tania'n aros.

'Wel, dim ond am ddeg munud, 'te,' meddai Mam yn gyndyn.

Roedd hi'n dal i hofran o gwmpas yn anesmwyth. Roeddwn i'n ofni y byddai hi'n dod aton ni. O fwriad, edrychais i ddim 'nôl arni, a phan oeddwn i a Tania yn fy ystafell wely, caeais y drws.

'Waw!' meddai Tania, gan edrych o gwmpas.

Syllais arni. Roedd hi'n swnio fel petai hi wir yn hoffi fy ystafell. Roedd Manon bob amser yn wfftio'r lle.

'Mae hi'n binc ac yn bert ac yn ferchetaidd,' meddai Tania, gan gicio'i hesgidiau i ffwrdd a neidio

ar fy mat gwyn fflwffog. Symudodd fysedd ei thraed. 'Dw i bob amser wedi dyheu am un o'r matiau hyn. Sut rwyt ti'n ei gadw fe mor lân, dwed? O, a dw i'n hoffi dy *wely* di!'

Rhedodd a neidio arno, gan fownsio'n hapus ar y cwilt blodau pinc. Wedyn gorweddodd i lawr, a'i gwallt yn disgleirio ar fy ngobennydd. 'Www, mae e'n arogli mor lân hefyd,' meddai hi, gan godi'r gobennydd a'i ffroeni'n werthfawrogol. Symudodd Olwen o'i lle.

'Helô? Pwy sydd fan hyn, 'te?'

Llyncais. 'Mae gen i gasgliad o fwncïod,' meddwn yn gryg, gan godi fy llaw i gyfeiriad y silff o fwncïod. Roedden nhw i gyd wedi'u trefnu'n daclus, eu pawennau wedi'u plygu, a'u cynffonnau'n ddolennau bach yn cwympo o'r silff, heblaw am Gwladus Gorila, a oedd heb gynffon. Roedd hi'n llawer rhy fawr i eistedd ar y silff beth bynnag. Roedd hi'n eistedd wrth ochr y silff, a'i breichiau ar led fel petai hi'n dweud cymaint roedd hi'n fy ngharu i.

Tasgodd Tania'n syth oddi ar y gwely i freichiau blewog Gwladus, gan ei defnyddio hi fel cadair freichiau.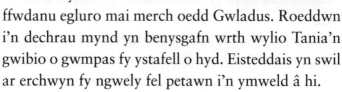

'Mae e'n goglais,' meddai Tania.

Penderfynais beidio â ffwdanu egluro mai merch oedd Gwladus. Roeddwn i'n dechrau mynd yn benysgafn wrth wylio Tania'n gwibio o gwmpas fy ystafell o hyd. Eisteddais yn swil ar erchwyn fy ngwely fel petawn i'n ymweld â hi.

Roedd Tania'n dal i gydio yn Olwen.

'Hon yw fy ffefryn i,' meddai hi.

'A fy ffefryn innau hefyd,' meddwn i, yn fodlon. 'Olwen yw ei henw hi.' Gwridais, gan ofni y byddai Tania'n meddwl fy mod yn dwp am roi enwau i'm mwncïod.

'Helô, Olwen. On'd oes enw pert gyda ti?' meddai Tania. Gwnaeth i ben Olwen siglo. 'Oes, wir, on'd oes e?' meddai, gan esgus bod yn Olwen. Doedd ei llais hi ddim yn iawn, ond doedd dim ots am hynny.

'Mae ei gwallt hi'r un lliw â 'ngwallt i!' meddai Tania, a dyma hi'n crychu ei hwyneb hefyd i edrych fel mwnci bach doniol. 'Wyt ti'n hoffi ei liw e, Mali?'

'Dw i'n meddwl ei fod e'n hyfryd,' meddwn i.

'Wrth gwrs, nid dyma'i liw e *go iawn*. Rhyw fath o frown golau yw e'n naturiol. Ond mae hynny'n ddiflas, on'd yw e?'

'O, ydy.'

'Ro'n i'n meddwl y byddwn i'n ei liwio fe'n ddu rywbryd. I fod fel Goth ac fel gwrach. Beth wyt ti'n feddwl?'

Wyddwn i ddim beth i'w ddweud. Roeddwn i'n rhyfeddu ei bod hi'n gofyn am fy marn i. Allwn i ddim credu ei bod hi yn fy ystafell wely, yn siarad â mi fel hyn.

'Neu fe allwn i ei liwio fe'n felyn, fel ti,' meddai Tania. 'Mae gwallt hyfryd gennyt ti.'

'Fi?' meddwn i, wedi fy syfrdanu.

'Gwallt hir sydd gan fy chwaer hefyd. Yn union fel dy wallt di. Rwyt ti'n edrych fel hi. Meddyliais i am eiliad mai ti oedd hi pan welais i ti lan wrth y ffenest.'

Gwenais yn nerfus.

'Ro'n i'n arfer gwneud gwallt Lowri ni bob dydd. Dw i'n dda am steilio gwallt hir. Fe wnaf i dy wallt di, os wyt ti eisiau.'

'*Wnei* di?'

'Wrth gwrs,' meddai Tania.

Gwnaeth i mi eistedd i lawr o flaen fy mwrdd gwisgo a datod fy mhlethau dwl. Brwsiodd fy ngwallt yn ofalus iawn, heb dynnu hanner cymaint â Mam.

'Dw i'n ofalus iawn, on'd ydw i?' meddai Tania. 'Achos mae Lowri'n gweiddi nerth ei phen os

55

wyt ti'n tynnu wrth y clymau. Ac mae hi'n gwingo'n ofnadwy. Rwyt ti'n ymddwyn yn *llawer* gwell na Lowri.'

'Ydy Lowri gyda Mrs Hughes hefyd?' gofynnais.

Safodd Tania'n stond. Cefais ofn. Dechreuodd frwsio fy ngwallt eto ymhen eiliad, ond atebodd hi ddim. Fentrais i ddim gofyn iddi eto.

Cododd fy ngwallt i fyny a'i ddirwyn o gwmpas ei bysedd ac yna dyma hi'n ei droi'n sydyn a gwneud cwlwm ar fy mhen. Defnyddiodd y bandiau rwber o'r plethau i'w gadw yn ei le.

'Wyt ti'n ei hoffi fe?'

'O, waw!' meddwn i.

'Ac fe wnawn ni fe ychydig yn fwy meddal o gwmpas dy wyneb,' meddai Tania, gan dynnu cudyn o wallt dros fy nhalcen a gwneud cyrls bychain o flaen fy nghlustiau. 'Iawn?'

'Iawn?' meddwn i, gan geisio ei ddweud e'n union fel hi.

Roeddwn i'n edrych mor wahanol. Fel oedolyn. Bron fel Ceri Enfys.

'Oes chwistrell wallt gyda ti?' gofynnodd Tania.

Ysgydwais fy mhen.

'Mae angen peth arnat ti, i gadw dy wallt yn ei le. Ac mae pob math o sleidiau a bandiau arbennig ar gael os wyt ti eisiau ei godi fe ar dy ben. Roedd llwythi gan Lowri.'

Oedodd Tania. 'Roddwn i'n arfer gwneud gwallt

fy mrodyr hefyd, yn ei dorri fe unwaith y mis a phopeth. Roeddwn i'n gwneud yn siŵr eu bod nhw'n edrych yn dda. Mae gen i ddau frawd bach, Siôn a Dylan. A Lowri fach. Roeddwn i'n gofalu amdanyn nhw fel mam. Dyna pam maen nhw eisiau gweld a fydda i'n iawn gyda Siân. Achos dw i'n dda gyda phlant bach. Ond ro'n i'n gobeithio mai merched fyddai gyda hi. Hy! Tri bachgen sydd ganddi – Sam bach a'r Macs twp 'na a Rhys y babi ac mae *pob un* ohonyn nhw'n gweiddi ac yn chwarae o gwmpas ac yn mynd yn frwnt ac yn chwarae â'u pidynnau. Dw i wedi cael llond bol ar fechgyn bach. *A* bechgyn mawr. Fe wnes i a 'nghariad wahanu dair wythnos yn ôl a ti'n gwybod, dyna'r peth gorau sydd erioed wedi digwydd i mi, achos mochyn yw e.'

Nid dim ond dweud mai mochyn oedd e wnaeth hi. Rhegodd hi a theimlais fy mochau'n gwrido ac roeddwn i'n gobeithio na fyddai hi'n sylwi. Diolch byth fy mod i wedi cau drws yr ystafell wely fel na fyddai Mam yn gallu clywed.

'Ydyn, mae pob bachgen yn codi arswyd arna i,' mynnodd Tania. 'Felly dyna pam roeddwn i'n meddwl y byddwn i'n dod o hyd i ferch fach i chwarae â hi.' Gwenodd arna i'n garedig. Gwenais 'nôl, ond allwn i ddim peidio â theimlo'n anesmwyth.

'Nid merch *fach* ydw i, wir,' meddwn i. 'Dw i'n ddeg.'

Syllodd Tania arna i. 'Dwyt ti ddim! Ro'n i'n

meddwl mai dim ond tua wyth oeddet ti. Rwyt ti'n fyr, on'd wyt ti?'

Gwridais yn fwy byth.

'Ond dyna ni, dw i'n fyr hefyd. Heb fy sodlau,' meddai Tania. Gwelodd fi'n edrych arnyn nhw'n llawn edmygedd. 'Fe gei di eu gwisgo nhw os wyt ti eisiau.'

'*Gaf* i?' Ciciais fy sliperi i ffwrdd a rhoi fy nhraed yn araf y tu mewn i'r strapiau swêd. Roedden nhw'n edrych yn *wych*. Agorodd drws yr ystafell wely'n sydyn a chwympais oddi ar un esgid mewn sioc.

'Mali! Gwylia dy figyrnau,' meddai Mam, gan ddod i mewn â hambwrdd yn ei dwylo. Gwgodd. 'Dyw gwisgo esgidiau pobl eraill ddim yn beth neis iawn,' meddai.

Tynnais yr esgid sawdl uchel arall i ffwrdd, ac ochneidio. 'Beth yn y byd wyt ti wedi'i wneud gyda dy wallt?' meddai Mam.

'Tania wnaeth e. Dw i'n credu ei fod e'n edrych yn wych,' meddwn i.

'Hy,' meddai Mam, a rhoi'r hambwrdd ar y bwrdd wrth fy ngwely. Edrychodd ar Tania. 'Roeddwn i'n meddwl y byddai chwant rhywbeth bach arnoch chi. Cyn i chi fynd adre,' meddai. 'Er eich bod chi'n dal yn llawn cacennau.'

'O, nac ydw, dw i bob amser yn llwgu – er nad ydw i byth yn magu pwysau,' meddai Tania. 'Ai Coke yw hwnna?'

'Nage, sudd grawnwin yw e, a dweud y gwir,' meddai Mam. 'A dynion sinsir. Rhai cartref.'

'*Pobl* sinsir,' meddai Tania. 'Roedden ni'n eu gwneud nhw yn y cartref ro'n i'n byw ynddo, ac roedd hi'n rhywiaethol i'w galw nhw'n ddynion, achos mae menywod yn gwisgo trowsus hefyd, on'd ydyn nhw?' Cododd un o'r bobl sinsir, a'i archwilio'n fanwl. 'Fe drof i hwn yn fenyw, Mali, o'r gorau?' Cnôdd yn fân ac yn fuan ar hyd y coesau byrion â'i dannedd bach miniog. 'Dyna ni, mae hi'n gwisgo *leggings* nawr!' Chwarddodd Tania a chwarddais innau hefyd. Cymerais berson sinsir er fy mod i'n llawer rhy gyffrous i fod eisiau bwyd. Cnois innau'n fân ac yn fuan hefyd.

'Dyna ni, mae gen i fenyw hefyd,' meddwn i gan boeri briwsion i bob man.

'Paid â siarad â'th geg yn llawn, Mali,' meddai Mam. Cerddodd draw at fy ngwely, gan dwtio'r cwilt a'r gobennydd. Roedd hi'n edrych fel petai hi'n bwriadu eistedd arno ei hunan.

'Fe gei di fynd nawr, Mam,' meddwn i'n sydyn.

Edrychodd Mam yn syn, yn amlwg wedi'i brifo, ond ddywedodd hi ddim byd.

Aeth hi allan. Dechreuodd fy nghalon guro fel gordd rhag ofn fy mod i wedi brifo'i theimladau ond allwn i ddim poeni gormod am hynny. Ddim nawr. Gyda Tania.

Yfodd hi'r sudd grawnwin yn swnllyd. 'Minlliw newydd, edrych, Mali,' meddai, gan ddangos ei gwefusau piws. 'Yr un lliw â'm hewinedd i.'

Bwytaodd ei menyw sinsir, ac esgus bwydo Olwen a Gwladus hefyd, gan dynnu coes fel petai hi'n dal i feddwl mai baban oeddwn i. Ond doedd dim gwahaniaeth. Doedd dim gwahaniaeth am ddim yn y byd oherwydd roeddwn i a Tania'n ffrindiau.

Dyma hi'n esgus bwydo wyneb y dyn ar ei chrys-T hefyd.

'Dere, Cefin, fe gei di gegaid hefyd,' meddai hi.

'Pwy?'

'Dwyt ti ddim yn gwybod pwy yw *Cefin*?' Rholiodd Tania ei llygaid ac ochneidio. Tynnodd ei llaw'n ofalus dros ei wallt anniben. 'Y canwr roc gorau erioed, dyna i gyd, a dw i'n ei garu fe.'

'Ro'n i'n meddwl dy fod ti newydd ddweud bod pob bachgen yn codi arswyd arnat ti?' meddwn i'n eofn.

Rhoddodd bwt bach i mi. 'Dwyt ti ddim mor swil nawr, wyt ti? A beth bynnag, Miss Clyfar, nid bachgen yw e.'

'Wel, dyn, 'te.'

60

'Nid dyn yw e chwaith. Angel yw e, achos mae e wedi marw. Neu ddiafol.'

'Ydy e wedi marw?' meddwn i, wedi fy synnu, achos roedd e'n edrych mor ifanc.

'Fe gyflawnodd e hunanladdiad,' meddai Tania. Cododd i fyny oddi ar Gwladus a chrwydro o gwmpas fy ystafell, gan agor y droriau yn fy nghwpwrdd chwarae.

Doedd dim gwahaniaeth o gwbl gen i ei bod hi'n ffidlan gyda fy mhethau i. Tynnodd yr hambwrdd mawr o bennau ffelt o bob lliw allan.

'Waw! Ydyn nhw i gyd yn dal i weithio?'
'Ydyn.'
'Beth am dynnu lluniau? Dw i'n *dwlu* ar liwio.'

Des o hyd i bapur tynnu lluniau i ni'n dwy. Tynnais fy mraich allan o'r sling a symud fy mysedd. Popeth yn iawn, meddyliais, fe allwn i dynnu lluniau'n iawn. Roedd fy arddwrn yn boenus ond doedd dim gwahaniaeth gen i. Fel arfer byddwn i'n tynnu lluniau wrth fy nesg, ond gorweddodd Tania ar ei hyd ar y carped, gan roi ei phapur ar un o'm llyfrau i. Gwnes innau'r un peth.

'Cyflawni hunanladdiad wnaeth fy mam,' meddai Tania. Dywedodd hyn mor ddidaro fel nad oeddwn i'n hollol siŵr i mi ei chlywed hi'n iawn. Syllais arni. Gwelodd Tania fy mod i wedi cael sioc.

'Lladd ei hunan,' meddai, gan feddwl nad oeddwn i'n gwybod beth oedd ystyr *cyflawni hunanladdiad*.

'Dyna . . . ofnadwy,' meddwn i'n dawel.

'Wel, fuodd hi erioed yr un peth â phawb arall,' meddai Tania. 'Mae popeth yn iawn, mae oesoedd ers hynny. Roeddwn i'n reit ifanc. Ond dw i'n dal i'w chofio hi. Fe dynnaf i lun ohoni, o'r gorau?'

Tynnodd lun menyw hyfryd mewn ffrog biws hir a rhoddodd adenydd piws iddi hefyd, a rhesi o blu gwyrddlas arnyn nhw.

Wyddwn i ddim pa lun i'w dynnu. Doeddwn i ddim eisiau tynnu llun fy mam.

'Tynna fy llun i,' meddai Tania.

Felly tynnais ei llun mor ofalus ag y gallwn i, gan wneud fy ngorau glas i'w gwneud hi'n bert.

Tynnais lun ei gwallt byr oren a'i hwyneb siriol a'i hewinedd bach piws. Tynnais lun pob strap ar ei hesgidiau. Tynnais lun Cefin ar ei chrys-T hyd yn oed.

'Dyna dda,' meddai Tania. 'O'r gorau, fe dynna i dy lun di nawr.'

Tynnodd lun merch fach ddoniol a llawer o wallt hir melyn. Wyddwn i ddim a oeddwn i'n falch ai peidio. Gwelodd fy mod i'n oedi, felly tynnodd lun sandalau sodlau uchel mawr am fy nhraed. Tynnodd linell hir o laswellt gwyrdd oddi tanaf. Doedd y sodlau ar fy esgidiau ddim yn cyffwrdd â'r llinell, felly roeddwn i'n edrych fel petawn i'n gwneud rhyw ddawns fach. Tynnodd linell las o awyr ar ben y dudalen, ac yna'n union uwch fy mhen, tynnodd haul mawr melyn a phelydrau o'i gwmpas i gyd.

Wedyn ysgrifennodd deitl ar ei ben. Roedd ei hysgrifen ychydig bach yn sigledig a gwyddwn ei bod wedi sillafu un gair yn anghywir ond doedd dim gwahaniaeth o gwbl.

MALI FY FRIND. Dyna ysgrifennodd hi. Ac roeddwn i mor hapus, teimlwn fel petai haul go iawn

MALI FY FRIND

uwch fy mhen ac roeddwn i'n dawnsio mewn pelydrau melyn cynnes.

GWYRDD

Gwyrdd

R oedd yn rhaid i mi fynd 'nôl i'r ysgol ddydd Llun.
Aeth Mam â fi. Gwisgodd hi ei siwt las tywyll
orau sydd ychydig yn rhy fach iddi nawr. Mae
llinellau main arni. Roedd llinellau main ar hyd talcen
Mam hefyd. Dim ond pan fydd hi'n grac iawn mae
hi'n gwgu fel yna.

'O, Mam, plîs, addo i mi na ddywedi di ddim byd,'
ymbiliais arni.

Fe fu bron i mi farw wrth i ni droi'r gornel a dal i fyny â Manon a'i mam. Aeth Manon yn goch fel tân pan welodd hi fi. Roedd hi'n edrych fel petai ar fin dechrau llefain.

Dechreuodd mam Manon siarad â Mam am y tywydd a'r gwyliau a phethau oedolion fel yna. Llusgodd Manon a minnau yn ein blaenau gan geisio peidio ag edrych ar ein gilydd. Wedyn clywais Manon yn snwffian.

'Ro'n i'n meddwl dy fod ti wedi marw,' sibrydodd.

Syllais arni.

'Pan na ddest ti i'r ysgol drannoeth. A dywedodd Arthur eu bod nhw wedi mynd â ti yn yr ambiwlans. Ond rwyt ti'n iawn nawr?'

'Dim ond fy arddwrn sy'n boenus,' daliais fy mraich allan er bod dim byd i'w ddangos. Doedd dim angen sling arna i bellach.

'O, Mali.' Chwythodd Manon ar i fyny hyd nes bod ei gwallt yn symud i gyd. 'Roedd Carys hyd yn oed yn poeni, wir i ti.'

Chwarddais yn nerfus.

'Mali . . .' ceisiodd Manon ddweud rhywbeth. 'Wel, dw i'n falch dy fod ti'n iawn.'

Nodiais, gan wybod bod llawer o bethau roedd hi eisiau eu dweud ond ei bod hi'n methu. Teimlais fel petai awel gref yn dod drosof i gyd, gan fy ngwneud i'n ysgafn fel pluen. Roeddwn i'n iawn. Roedd Manon yn falch fy mod i'n iawn. Roedd hi'n edrych fel petai *popeth* yn mynd i fod yn iawn eto nawr.

Ond wrth i ni ddod yn nes at yr ysgol, camodd Manon i ffwrdd oddi wrtha i a mynd yn dawel. Sylweddolais fod Manon yn ymddwyn fel hyn rhag ofn i Carys ein gweld ni. Ac yna wrth gât yr ysgol, gorffennodd Mam ei sgwrs â mam Manon a throi i syllu ar Manon.

'Mae'n drueni nad wyt ti'n ffrind i Mali nawr,' meddai Mam.

Gwridodd Manon eto. Roedd mam Manon yn edrych yn llawn embaras hefyd.

'Ydy, dw i ddim yn gwybod chwaith pam maen nhw wedi cael ffrae fach. Ond dyna ni, merched yw merched,' meddai'n anesmwyth.

'Mae'n fwy na ffrae fach,' meddai Mam. 'Dw i ddim wir yn beio Manon. Y ferch arall 'na sydd ar fai – Carys.'

'Ie, wn i ddim pam mae Manon wedi dod yn gymaint o ffrindiau â hi. Pam na allan nhw *i gyd* fod yn ffrindiau beth bynnag. Ond dw i'n siŵr y byddan nhw'n datrys y peth eu hunain,' meddai mam Manon.

'Dw i'n mynd i wneud yn siŵr eu bod nhw'n datrys y peth,' meddai Mam, a martsio drwy gât yr ysgol ac i'r buarth.

Rhuthrais ar ei hôl.

'Mam! Mam, i ble rwyt ti'n mynd? Beth wyt ti'n wneud?'

'Dw i'n mynd i gael gair bach â Mrs Edwards,' meddai Mam.

Teimlais yn benysgafn. Y pennaeth.

'Mam, alli di *ddim* dweud wrth Mrs Edwards,' meddwn i mewn llais gwichlyd oherwydd y sioc. 'Fe fyddan nhw i gyd yn fy nghasáu i ac yn meddwl fy mod i'n glapgi.'

'Paid â bod yn dwp, cariad,' meddai Mam. 'A does dim eisiau i ti fod yn rhan o'r peth o gwbl. Fe gei di fynd i'r ystafell ddosbarth ac anghofio'r cyfan amdano. Mae'n rhaid i mi adael i Mrs Edwards wybod beth sy'n digwydd yn ei hysgol hi, dyna i gyd.'

'Ond dwyt ti ddim yn deall, alli di *ddim . . .*' llefais.

Ond roedd hi'n gallu gwneud hyn. Allwn i mo'i stopio hi.

Llusgais i mewn i ddosbarth Mrs Powell. Roedd Carys yno, yn sefyll ym mhen blaen y dosbarth. Roedd hi fel petai'n tyfu. Roeddwn i fel petawn yn mynd yn llai. Roedd Manon yn siarad fel melin bupur â hi, gan bwyntio ataf i. Roedd Sara yno hefyd, yn cnoi ei gwefus wrth iddi wrando. Clywais y gair *Mali*. Clywais y gair *Mam*.

'O'r gorau,' meddai Carys, a rhoi ei dwylo ar ei chluniau a throi i'm hwynebu.

Ond daeth Mrs Edwards i mewn â basged o rosynnau a dechrau siarad yn llon am ei phenwythnos yn y wlad. Anfonodd fi i lenwi ffiolau â dŵr i'r blodau. Trueni na allwn i aros yn y toiledau drwy'r dydd, yn llenwi ffiol ar ôl ffiol i lond cae o flodau. Ond roedd yn rhaid i mi fynd 'nôl a threfnu'r rhosynnau ac ateb fy enw wrth gofrestru ac wedyn cael popeth yn barod ar gyfer y wers fathemateg, a thrwy gydol yr amser roeddwn i'n syllu allan drwy'r ffenest i weld a oedd Mam wedi gorffen siarad â Mrs Edwards.

Roedd hanner y wers wedi mynd heibio pan sylwais ar Mam yn mynd ar draws y buarth, yn edrych yn boeth ac yn anghyfforddus yn ei siwt dynn. Wrth iddi gerdded, aeth ei sgert i fyny ychydig hyd nes bod ei phengliniau tew yn y golwg. Roedd hi'n cerdded fel hwyaden achos bod ei sgert mor dynn. Gwelais Carys yn symud ei hysgwyddau 'nôl a 'mlaen, gan ddynwared Mam. Chwarddodd rhywun.

Plygais dros fy llyfr mathemateg ac esgus gweithio, er bod y rhifau'n symud ar draws y dudalen a'm dwylo mor wlyb nes bod olion inc dros y symiau roeddwn i wedi'u gwneud.

Gobeithio bod popeth ar ben nawr. Ond doedd pethau ddim ar ben. Dim ond dechrau roedden nhw.

Yn sydyn daeth ysgrifenyddes Mrs Edwards i'n hystafell ddosbarth ni.

'Esgusodwch fi, Mrs Powell, ond mae Mrs Edwards eisiau gweld Carys Bevan, Manon Thomas a Sara Rees yn ei swyddfa'n syth.' Cyhoeddodd yr ysgrifenyddes hyn mewn ffordd bwysig, fel bod pawb wedi clywed.

Trodd pennau pawb tuag at Carys a Manon a Sara. Dechreuodd Sara gnoi ei gwefus mor galed fel yr aeth ei cheg i un ochr i gyd. Roedd Manon yn edrych fel hufen iâ, yn wyn ac yn wlyb. Ond roedd Carys yn edrych yn gwbl dawel, er bod ei bochau ychydig yn fwy pinc nag arfer. Ac roedd ei llygaid yn fwy disglair. Wrth iddi edrych arna i.

Gwyddwn beth oedd ystyr y ffordd yr edrychodd arna i.

Roedd hi wir wir wir yn mynd i greu helynt nawr.

Plygais dros fy llyfr mathemateg, gan deimlo fy hunan yn tynhau. Arhosais fel yna tan iddyn nhw adael y dosbarth.

Yn sydyn teimlais law ar fy ysgwydd a dyma fi'n neidio.

'Beth sy'n bod, Mali?' gofynnodd Mrs Powell.

Ysgydwais fy mhen, gan geisio esgus bod popeth yn iawn.

'Pam rwyt ti'n eistedd fel yna, cariad? Oes bola tost gen ti?'

Nodiais.

Plygodd Mrs Powell yn nes. 'Oes angen i ti fynd i'r tŷ bach?'

Nodiais eto.

'Wel, pam na ddywedaist ti, y ferch ddwl?' meddai Mrs Powell. 'Arswyd y byd. Nid babi wyt ti, Mali. Bant â ti, 'te.'

Rhuthrais allan ac eistedd yn y toiledau tywyll, gan grio, a meddwl ei bod hi'n drueni nad babi *oeddwn* i. Babi bach diymadferth oedd byth yn gorfod mynd i'r ysgol. Un o fabis Mrs Hughes mewn bygi. Ac wedyn byddai Tania'n dal yn gallu dod i chwarae gyda fi.

Arhosais yn y tŷ bach am oesoedd. Darllenais yr holl benillion drwg a oedd yn llawer, llawer gwaeth nag unrhyw beth oedd wedi cael ei ysgrifennu ar blastr coes Arthur.

Wedyn daeth rhywun i mewn dan weiddi fy enw.

'Mali Williams, wyt ti yma?'

Gwnes fy hunan yn fach y tu ôl i'r drws, gan obeithio y bydden nhw'n mynd i ffwrdd.

Daeth sŵn curo mawr ar y drws.

'Wyt ti yna, Mali? Achos mae Mrs Powell yn dweud os nad wyt ti'n teimlo'n hwylus ei bod yn well i ti fynd i'r swyddfa, ac mae'n rhaid i ti fynd i'r swyddfa *beth bynnag* achos mae Mrs Edwards eisiau dy weld di.

'Dw i'n dod nawr,' meddwn i, a thynnu dŵr y tŷ bach.

Fe ddes i allan a golchi fy nwylo. Edrychodd yr ysgrifenyddes arna i'n amheus.

'Beth oeddet ti'n *wneud* i mewn fan'na?'

Ysgydwais fy mhen, heb ateb.

'Oeddet ti'n sâl?'

'Nac oeddwn.' Ond roeddwn i'n dechrau *teimlo*'n sâl. Edrychais ar fy hunan yn y drych brwnt. Roedd rhyw liw gwyrdd golau rhyfedd arna i. Lliw gwyrdd ysgafnach na'r siwmper werdd roedd Mam wedi'i gwau i mi, er bod siwmperi wedi'u prynu o'r siop gan bawb arall.

'*Dere*, 'te.'

Dilynais hi allan o'r toiledau ac ar hyd y coridorau. Aroglais y cinio ysgol yn coginio yn y ffreutur a theimlo'n waeth byth. Roedd Carys a Sara a Manon yn aros y tu allan i swyddfa Mrs Edwards. Meddyliais tybed a fyddwn i'n chwydu dros fy sandalau newydd.

Roedd Sara a Manon yn edrych fel petaen nhw'n teimlo'n sâl hefyd. Roedd Manon yn crio. Ond doedd Carys ddim.

Fentrais i ddim edrych arni wrth i mi ruthro heibio. Curais ar ddrws Mrs Edwards a baglu fy ffordd i mewn. Doeddwn i erioed wedi bod yn ei swyddfa o'r blaen. Dim ond plant drwg iawn oedd yn cael eu galw yno.

'A! Ble buest ti, Mali? Roedden ni bron â ffonio'r heddlu i chwilio amdanat ti,' meddai Mrs Edwards.

Doeddwn i ddim wedi siarad llawer â hi yn ystod fy holl flynyddoedd yn yr ysgol. Roeddwn i wedi ysgwyd ei llaw yn y gwasanaeth gwobrwyo, ac unwaith, pan oeddwn i wedi darllen yn y gwasanaeth, roedd hi wedi gwenu arna i a dweud, 'Da iawn.'

'Roeddwn i –' Doeddwn i ddim eisiau dweud y gair *toiled* wrthi. Dim ond sefyll yno wnes i, heb orffen fy mrawddeg.

'Eistedd nawr 'te, Mali. Nawr, dw i'n clywed dy fod ti wedi bod yn anhapus yn yr ysgol yn ddiweddar?'

Eisteddais a syllu ar fy nghôl. 'D . . . dw i . . .' Wyddwn i ddim sut i ateb y cwestiwn hwn chwaith.

'Rwyt ti'n sicr wedi bod yn gwneud yn dda iawn yn dy wersi, ac roedden ni i gyd yn meddwl dy fod ti'n edrych yn hapus ac yn llon,' meddai Mrs Edwards yn fywiog.

'O, oeddwn,' meddwn i, yn awyddus iawn i gytuno â hi.

'Ond ers tipyn o amser nawr, mae rhai merched wedi bod yn dy ypsetio di?'

Plygais fy mhen yn is.

'Rhai merched yn dy ddosbarth?' daliodd Mrs Edwards ati.

Roedd fy mhen bron â chyffwrdd â'm dwylo erbyn hyn.

'Mali! Eistedd yn syth. Nawr, does dim angen i ti edrych mor bryderus. Rydyn ni'n mynd i ddatrys y broblem fach yma. Petait ti wedi dweud wrth dy athrawes am y peth cyn hyn, fe fyddai hi wedi bod yn llawer haws i ni roi stop ar yr hen fwlian cas yma ar y dechrau'n deg. Felly, pam na ddywedi di wrtha i am y peth?' Arhosodd am fy ateb.

Arhosais innau hefyd. Tynnodd Mrs Edwards ei sbectol a rhwbio'r marciau bach pinsio porffor ar bont ei thrwyn. Roedd hi'n ceisio bod yn amyneddgar.

'Edrych nawr, Mali, does dim angen bod yn ofnus. Fe alli di ddweud wrtha i. Dw i'n gwybod y cyfan yn barod, ond dw i eisiau clywed y peth o dy wefusau di, dyna i gyd.' Oedodd. Ochneidiodd. Rhoddodd ei sbectol ar ei thrwyn eto a syllu arna i. 'Carys a Sara a Manon sydd wrth wraidd y broblem, yntê?' meddai. 'Felly beth maen nhw wedi bod yn 'i ddweud wrthot ti?'

Allwn i ddim siarad. Agorais fy ngheg ond ddaeth

dim geiriau allan. Allwn i ddim crynhoi'r holl wythnosau poenus o dynnu coes a'u gwasgu nhw'n frawddegau byr. Yn enwedig gan fod Carys a Sara a Manon yn aros yr ochr arall i'r drws.

'Mae dy fam yn dweud eu bod nhw wedi bod yn dy boeni di, ydy hynny'n wir?' daliodd Mrs Edwards ati. 'A dydd Mercher diwethaf fe redon nhw ar dy ôl di i'r stryd ac fe gest ti dy fwrw gan fws? Ydy hynny'n wir, Mali? Achos mae hyn yn ddifrifol iawn, iawn ac mae'n rhaid delio â'r peth. A redon nhw ar dy ôl di, Mali? Do fe?'

'Wel. Mewn rhyw ffordd,' meddwn i o dan fy ngwynt.

'Aha!' meddai Mrs Edwards. 'Felly beth oedden nhw'n 'i ddweud wrthot ti?'

'Ch . . . chofia i ddim,' meddwn i, gan ysgwyd fy mhen i atal y geiriau rhag atseinio yn fy nghlustiau.

'Wel, pa fath o bethau maen nhw'n 'u dweud fel arfer?' mynnodd Mrs Edwards.

'Dw i wedi anghofio,' meddwn i.

Ochneidiodd Mrs Edwards. Safodd ar ei thraed. Yn sydyn aeth draw at y drws yn gyflym yn ei sodlau isel, a'i agor. Saethodd Carys am 'nôl, wedi'i dal.

'Felly rwyt ti wedi bod yn gwrando, Carys!' meddai Mrs Edwards. 'Wel, pam na ddowch chi'ch tair i mewn i ymuno â ni? Efallai mai dim ond wrth siarad am hyn gyda'n gilydd y gallwn ni ddechrau datrys y peth.'

Dyma nhw'n dod i mewn i'r swyddfa. Es innau i
lawr yn is yn fy nghadair. Caeodd Mrs Edwards y
drws ac eistedd ar y ddesg gan wgu ar Carys. Roedd
Carys yn dalach na hi. Roedd Carys wedi codi'i phen
i'r awyr, ac wedi rhoi un llaw ar ei chlun, fel petai
hi'n hidio dim. Roedd Manon a Sara'n aflonydd ac
yn plygu eu pennau, yn llawer mwy ofnus.

'Fel y clywsoch chi, mae'n siŵr, mae Mali'n aros
yn driw iawn i chi ferched. Mae hi'n gwrthod dweud
dim yn eich erbyn chi,' meddai Mrs Edwards.

Edrychodd pawb arna i. Syllodd Manon arna i'n
ddiolchgar. Snwffiodd Sara.

'Ond mae'n amlwg i mi eich bod chi'ch tair wedi
bod yn gas iawn wrth Mali ac mae'n rhaid i chi roi'r
gorau i hyn, ydych chi'n clywed? Dw i'n casáu
bwlian. Dw i'n gwrthod caniatáu unrhyw fwlian yn

yr ysgol. Nawr, Carys, Manon a Sara, dw i eisiau i chi'ch tair ddweud ei bod hi'n ddrwg iawn gyda chi, ac addo na fyddwch chi'n galw enwau cas arni na rhedeg ar ei hôl hi byth eto.'

Llyncon nhw eu poer. Dechreuodd Manon ddweud ei bod yn ddrwg ganddi am hyn. Ond torrodd Carys ar ei thraws.

'Dw i'n credu mai Mali ddylai ymddiheuro i ni,' meddai, gan daflu ei phen am 'nôl.

Roedd Mrs Edwards hyd yn oed wedi'i synnu.

'Roedd Mali ar fai hefyd,' meddai Carys yn hyderus. 'Dyna sut dechreuodd y cyfan. Fe fuodd hi'n adrodd storïau am ei mam yn fodel ffasiwn –'

Symudodd gwefusau Mrs Edwards. Roedd hi'n amlwg yn meddwl am Mam yn ei siwt dynn dynn.

'Paid â bod yn hurt, Carys,' meddai'n swta. 'Paid â gwneud i bethau fod yn waeth nag y maen nhw drwy ddweud celwyddau twp fel hyn.'

'Dw i ddim yn dweud celwyddau, Mrs Edwards,' meddai Carys. 'Fe ddywedaist ti hynny, on'd do fe, Mali?'

Plygais fy mhen ymhellach i lawr. Gwyddwn fy mod i'n gwrido'n ofnadwy.

'Mali?' meddai Mrs Edwards, a'i llais yn crynu rhywfaint.

'Mali ddywedodd y celwyddau, Mrs Edwards,' meddai Sara.

'Ac wedyn pan ddywedon ni wrthi ein bod ni'n

gwybod ei bod hi'n dweud celwydd, dyma hi'n mynd yn gynddeiriog ac yn gweiddi arnon ni ac yna'n fy mwrw i,' meddai Carys.

'Nawr, wir, Carys, alli di ddim disgwyl i mi gredu hynny,' meddai Mrs Edwards. 'Dim ond hanner dy faint di yw Mali.'

'Ond fe wnaeth hi mwrw i serch hynny. Yn galed iawn.'

'Do, Mrs Edwards. Fe wnaeth hi fwrw wyneb Carys,' meddai Sara.

'Do, fe wnaeth hi,' meddai Manon, gan ymuno â nhw. 'Fe wnaeth hi fwrw Carys.'

'Ac wedyn dyma hi'n rhedeg i ffwrdd a doedd hi ddim yn edrych i ble roedd hi'n mynd, felly fe gafodd hi ei tharo gan y bws,' meddai Carys. 'Dim ond *Mali* oedd ar fai, Mrs Edwards.'

Cododd Mrs Edwards a sefyll wrth fy ochr. Rhoddodd ei braich o gwmpas cefn y gadair a phlygu ei phen tuag ataf fel bod ei hanadl arogl mintys yn goglais fy moch.

'Wnest ti ddim bwrw Carys, wnest ti, Mali?' meddai hi'n dawel.

Caeais fy llygaid.

'Dwed y gwir, cariad,' meddai Mrs Edwards.

'Do, fe wnes i ei bwrw hi,' meddwn i, ac wedyn dyma fi'n beichio crio.

Roedd Carys yn fuddugoliaethus. Edrychodd Mrs Edwards arna i fel petawn i wedi'i siomi hi.

'Alla i ddim credu hyn, Mali,' meddai. Ond yna gwgodd ar Carys a'r lleill. 'Ond dw i'n gwybod eich bod chi'ch tair wedi bod yn troi yn erbyn Mali'n ddiweddar. Mae'n rhaid i hyn stopio. Chewch chi ddim galw enwau arni na dweud dim byd cas amdani, ydych chi'n deall?'

'O ydyn, Mrs Edwards, rydyn ni'n deall,' meddai Carys. 'Ddywedwn ni *ddim byd* wrth Mali.'

Dyna'r drafferth. Cadwodd hi at ei gair. Ddywedodd hi ddim byd wrtha i o gwbl. Na Sara. Na Manon chwaith. Aeth Carys â nhw o'r neilltu ac erbyn amser cinio roedd eu perfformiad nhw'n berffaith. Roedden nhw'n hofran wrth fy ochr i, ond doedden nhw ddim yn siarad. Roedden nhw'n edrych arna i, yn pwtio ei gilydd, yn gwneud wynebau . . . ond doedden nhw ddim yn dweud gair.

Ceisiais esgus mai Ceri Enfys oeddwn i, yn llawer rhy cŵl i boeni am y peth. Ond doedd hynny ddim yn gweithio, ddim gyda nhw'n aros yn y cefndir o hyd.

Daeth Arthur Puw draw ata i, a'i lygaid yn twitsian y tu ôl i'w sbectol. Roedd e'n dal hen lyfr mawr ac estynnodd hwnnw i fi fel llyfr hud.

'Dyma'r llyfr roeddwn i'n sôn wrthot ti amdano,

Mali,' meddai, gan fwmian ryw ychydig. 'Wyt ti eisiau cael golwg arno fe?'

Rhoddodd Carys sgrech o chwerthin cas. Gwenodd Sara a Manon.

'Draw fan hyn. Lle cawn ni ychydig o lonydd,' meddai Arthur, gan fy nhynnu oddi wrthyn nhw.

Y Brenin Arthur a Marchogion y Ford Gron oedd y llyfr. Bodiais y tudalennau'n ddiolchgar, a'm dwylo'n crynu wrth i mi droi'r tudalennau.

Fe wnaeth Carys a Sara a Manon ein dilyn.

'Hei, cadwch draw,' meddai Arthur, gan geisio swnio'n fygythiol.

'Mae perffaith hawl gyda ni i fod yn y buarth, fel chi,' meddai Carys. 'Dydyn ni ddim yn gwneud dim byd. A dydyn ni ddim yn dweud dim byd wrthi *hi*.'

Gwthiodd ei gên ataf i, gan gau ei gwefusau'n glep i ddangos eu bod nhw wedi'u selio. Gwnaeth Sara a Manon yr un peth.

Roedd Mrs Powell ar ddyletswydd yn y buarth. Cerddodd draw aton ni. Gwelodd Carys a Sara a Manon. Ond mae'n debyg eu bod nhw'n edrych fel petaen nhw'n gwenu arna i.

'Gad i ni fynd oddi wrth y twpsod 'na,' meddai Arthur o dan ei wynt. Tynnodd fi draw i ben pellaf y buarth, wrth doiledau'r bechgyn. Lle nad yw'r merched byth yn mynd.

Pwyson ni yn erbyn y wal ac edrych ar lyfr Arthur gyda'n gilydd. Cadwodd Carys a Sara a Manon draw, efallai oherwydd bod Mrs Powell yn cerdded yn ôl ac ymlaen ar draws y buarth gan gadw llygad ar bethau.

Roedd Arthur yn chwilio am ei hoff ddarnau o hyd ac yn darllen paragraffau i mi. Nid dyna'r math o lyfr roeddwn i'n ei hoffi. Roedd y brenin a'r marchogion yn siarad mewn rhyw ffordd ryfedd, henffasiwn, ac roeddwn i'n cymysgu rhyngddyn nhw o hyd, ond doedd dim gwahaniaeth am hynny, a dweud y gwir. Roeddwn i'n hoffi'r lluniau, yn arbennig y menywod a'u gwalltiau hir a'u ffrogiau llaes. Roedden nhw'n edrych yn weddol debyg i'r llun roedd Tania wedi'i dynnu o'i mam.

Daeth fy mam i'm hebrwng o'r ysgol. Roedd hi eisiau gwybod beth oedd Mrs Edwards wedi'i ddweud wrtha i, beth roedd hi wedi'i wneud, a sut roedd hi wedi delio â Carys a Manon a Sara.

'*Hisht*, Mam,' meddwn i, gan deimlo'n ofnadwy, gan ein bod ni o hyd wrth gatiau'r ysgol ac y gallai unrhyw un ein clywed ni.

Doedd Carys a Manon a Sara ddim yn bell iawn y tu ôl i ni. Roedd gwefusau'r tair wedi'u gwasgu at ei gilydd. Dyna'u jôc fawr newydd nhw.

'Roddodd Mrs Edwards bryd o dafod i'r Carys 'na?' meddai Mam.

'Plîs, Mam. Dw i ddim eisiau siarad am y peth nawr,' sibrydais.

Edrychodd Mam 'nôl dros ei hysgwydd.

'Dyna hi, yntê? Y ferch dal â'r gwallt du. Wel, dyw hi ddim yn edrych fel petai'n ddrwg ganddi am hyn i gyd. Mae hen wên dwp dros ei hwyneb hi i gyd,' meddai Mam. 'Efallai ei bod hi'n well i mi gael gair neu ddau â hi.'

'Mam, *na*! Plîs, plîs, plîs,' ymbiliais. 'Fe roddodd Mrs Edwards drefn ar bopeth ac maen nhw wedi addo peidio â dweud dim byd arall.'

'Wyt ti'n *siŵr*, Mali?' meddai Mam. 'Rwyt ti'n dal i edrych yn bryderus, cariad.'

'Dw i ddim yn bryderus o gwbl,' meddwn i, gan geisio gwenu ac ymddwyn yn hapus.

Ac wedyn gwelais Tania ym mhen pellaf y stryd, yn gwthio'r babi. Tania, yn ei siorts byrraf a thop bach pitw oedd yn dangos ei bogel, a'i sodlau uchel yn mynd clip-clop bob cam o'r ffordd.

'Tania!'

'Hei, Mali!'

Rhuthrais i fyny'r stryd i'w chyfarch hi. Cododd ei llaw i mi gael rhoi fy llaw innau yn ei herbyn fel maen nhw'n ei wneud yn America.

'Sut roedd yr ysgol, 'te?' meddai.

Tynnais wyneb.

'Dw i'n deall,' meddai Tania. 'Mae hi'n wych arna i, on'd yw hi? Does dim rhaid i mi fynd achos mae hi bron yn wyliau haf. Dw i ddim yn mynd yn aml iawn beth bynnag. Dw i'n methu dioddef yr ysgol. Yr holl athrawon twp 'na. A hen ferched dwl yn galw enwau arnat ti.'

'Maen nhw'n galw enwau arnat *ti*?' meddwn i, wedi synnu.

'Ydyn, ond dw i'n galw pethau gwaeth arnyn nhw,' meddai Tania, gan wenu. 'Pam, oes unrhyw un yn dy boeni di, Mali?'

'Www,' meddwn i'n annelwig.

Roedd Carys a Sara a Manon wedi mynd heibio i Mam yn barod. Roedd hi'n cerdded yn y cefndir, a'i gwynt yn ei dwrn. Roedd y tair yn syllu ar Tania a minnau. Roedd Manon yn gegrwth.

Gwelodd Tania fi'n edrych arnyn nhw. Roedd hi wedi deall y sefyllfa mewn eiliad.

Anwybyddodd hi Sara a Manon. Hen ferched bach oedden nhw, iddi hi. Edrychodd yn syth ar Carys.

'Ar beth rwyt ti'n syllu, 'te?' meddai. Doedd hi  ddim mor dal â Carys, hyd yn oed yn ei sodlau uchel, ond roedd hi'n hŷn ac yn fwy caled.

'Dim byd,' meddai Carys o dan ei gwynt.

'Da iawn. Wel, rhedwch adref nawr, ferched bach. Gadewch i fi a Mali fy ffrind gael llonydd, o'r gorau?'

I ffwrdd â nhw. Hyd yn oed Carys. A'r olwg ar eu hwynebau nhw! Fi a Mali fy ffrind. *Fi* oedd ffrind Tania. Roeddwn i'n siŵr eu bod nhw'n llawn cenfigen.

'Dw i'n mynd â'r brenin bach am dro o gwmpas y parc,' meddai Tania. 'Wyt ti'n dod?'

Roeddwn i bron â marw eisiau mynd, ond pan ddaeth Mam aton ni roedd hi'n gwrthod gadael i ni fynd yno ar ein pennau ein hunain.

'Na chewch, mae dynion rhyfedd yn hongian o gwmpas yno,' meddai Mam. 'Dydy e ddim yn lle addas i ferched ifanc ar eu pennau eu hunain.'

'Fe ofala i am Mali, peidiwch â phoeni,' meddai Tania.

'Diolch, cariad, ond dim diolch. Mae hi'n well i Mali ddod adre gyda fi a chael ei swper,' meddai Mam.

'O, Mam, plîs, mae'n *rhaid* i fi fynd i'r parc,' ymbiliais.

'Fe allwn ni gael hufen iâ os oes eisiau bwyd arni,' meddai Tania, gan dincial arian yn ei phoced bitw. 'Rhoddodd Mrs Hughes ychydig o arian i mi i'w wario. O, plîs, Mrs Williams, dywedwch ei bod hi'n iawn i ni fynd i'r parc.'

'Na wnaf, cariad. Rywbryd eto,' meddai Mam, gan ddal ei gafael yn fy llaw.

Tynnais hi i ffwrdd.

'Dw i eisiau mynd *heddiw*, Mam. Dyw hi ddim yn deg. Pam mae'n rhaid i ti fy nhrin i fel babi drwy'r amser?' meddwn i.

Syllodd Mam arnaf, gan edrych fel petai wedi'i brifo. Ond roedd hi'n simsanu.

Cefais bwl o ysbrydoliaeth.

'Dywedodd Mrs Edwards y dylwn i drio bod yn fwy annibynnol,' meddwn i. 'Mae hi'n meddwl fy mod i'n ymddwyn yn rhy ifanc i'm hoedran ac mai dyna pam mae'r lleill yn pigo arna i.'

'Paid â bod yn ddwl, Mali,' meddai Mam, ond roedd hi'n swnio'n ansicr.

Efallai fod Mrs Edwards wedi dweud rhywbeth tebyg mewn gwirionedd!

'Fe fyddwn ni 'nôl mewn hanner awr,' meddai Tania.

Ochneidiodd Mam. 'O'r gorau, o'r gorau. Os ydych chi wir eisiau mynd i'r parc, Mali, fe gerddwn ni gyda Tania.'

Tynnais anadl ddofn.

'Na. Does dim rhaid i ti ddod, Mam. Does dim strydoedd prysur yna na dim byd. Ac fe gadwn ni draw oddi wrth unrhyw ddynion rhyfedd. Mae'r lleill i gyd yn mynd i'r parc ar eu pennau eu hunain. Ddim gyda'u mamau.'

Allwn i ddim credu mai fi oedd yn dweud hyn. Roedd Ceri Enfys wedi dechrau siarad drwy fy ngheg i. A llwyddo! Dyma Mam yn *gadael* i mi fynd

i'r parc gyda Tania, er nad oedd hi'n edrych yn hapus o gwbl am y peth. Gwyddwn y byddai hi wedi cael ei brifo ac y byddai hi'n bwdlyd drwy'r nos. Ond am unwaith, doedd dim gwahaniaeth gen i.

Rhedais i a Tania ar draws y borfa, a Rhys bach yn siglo i fyny ac i lawr yn y pram. Canodd Tania hwiangerdd neu ddwy a cheisiais innau ei chopïo. Bu Rhys yn mwmian ychydig hefyd, ond wedyn aeth yr holl siglo'n ormod iddo.

'Ych a fi! Mae Rhys wedi poeri rhywbeth i fyny,' meddai Tania.

Dyma hi'n ei lanhau â hances boced, gan grychu ei thrwyn, ac wedyn golchodd ei dwylo yn y pwll padlo.

'Roedd fy nhad yn arfer dod â mi yma pan oeddwn i'n fach,' meddwn i. 'Weithiau roedd e'n arfer torchi coesau ei drowsus a dod i mewn gyda fi.'

'Mae dy dad yn swnio'n ddyn neis,' meddai Tania.

'Mmm. Ond mae fy mam ychydig yn –' Tynnais wyneb.

Roeddwn i'n ofni y gallai Tania dynnu fy nghoes am Mam.

'Mae hi'n ffysian achos mae hi'n poeni amdanat ti,' meddai Tania, er syndod i mi. 'Roeddwn *i*'n arfer ffysian llawer am Lowri.'

'Wyt ti'n gweld ei heisiau hi'n ofnadwy?'

'Ydw,' meddai Tania, gan blethu ei breichiau a phlygu drosodd. Ond wedyn eisteddodd i fyny eto. 'Ond rwyt ti gyda fi nawr yn lle hynny, on'd wyt ti, Mali fach?'

'Nid Mali *fach* ydw i wir,' protestiais.

Chwarddodd Tania a thynnu fy mhleth.

'Rwyt ti'n edrych tua chwe blwydd oed gyda'r rhain.'

'Paid! Nid fy mai i yw e. Fe fues i'n ymbil ar Mam i adael i mi godi fy ngwallt fel wnest ti fe, ond roedd hi'n gwrthod.'

'Fe ddylet ti ddysgu ei wneud e dy hunan,' meddai Tania.

Cerddon ni i fyny ac i lawr y parc yn araf, gan siglo Rhys yn y bygi tan iddo fynd i gysgu. Parciodd Tania fe'n ofalus yn y cysgod.

'Ond fe gawn ni dorheulo am dipyn, Mali.'

Ciciodd ei sandalau i ffwrdd a gorwedd 'nôl ar y borfa, gan dynnu ei thop i fyny hyd yn oed yn fwy.

'Mae'n rhaid i mi gael lliw haul ar fy mola,' meddai.

'Dw i ddim yn cael lliw haul, dim ond llosgi'n binc,' meddwn i, gan orwedd wrth ei hochr. 'Dw i'n casáu pinc. Dyna'r lliw dw i'n ei gasáu fwyaf yn y byd i gyd.'

'Wel, fe orweddwn ni yn yr haul am ddwy funud. Dydyn ni ddim eisiau i ti losgi,' meddai Tania.

Doedd dim taten o wahaniaeth gen i petawn i'n llosgi'n grimp. Roeddwn i eisiau gorwedd wrth ochr Tania yn yr haul am byth. Syllais ar y dail gwyrdd fry uwch ein pennau. Roedden nhw'n siffrwd fel petaen nhw'n rhannu cyfrinach.

'O, Tania, dw i mor hapus dy fod ti'n ffrind i mi,' meddwn i.

'A, on'd wyt ti'n annwyl,' meddai Tania. Eisteddodd i fyny. 'Hei, rwyt ti'n troi'n binc yn barod. Gwell i ni dy oeri di. Gad i ni fynd i brynu hufen iâ.'

Aethon ni i'r ciosg bach wrth gatiau'r parc. Prynodd Tania gôn hufen iâ yr un i ni. Llefodd Rhys yn eiddigeddus, felly trodd Tania ei bys yn yr hufen iâ iddo fe gael ei lyfu i ffwrdd. Roedd e'n hoffi'r gêm hon a chwynodd am ragor.

'Na, dim rhagor, y bolgi bach. Fe fyddi di'n dost eto,' meddai Tania. 'Dere, Mali. Mae'n well i ni fynd â ti adref. Dw i ddim eisiau bod dy fam yn dechrau ffysian.'

Cerddon ni'n gyfeillgar yn ein blaenau, y ddwy ohonom yn gwthio'r bygi. Cleciodd sodlau Tania a gwichiodd fy sandalau innau. Roedd ei chysgod hi'n fywiog, gyda gwallt pigog. Roedd fy nghysgod i'n llai ac yn drymach gyda phlethau.

'Hei, gofala am Rhys i mi tra bydda i'n nôl papur newydd Siân,' meddai Tania pan gyrhaeddon ni siop y gornel.

Arhosais y tu allan, gan siglo Rhys yn dyner. Roeddwn i wrth fy modd yn cael bod yn gyfrifol am fabi. Syllais i mewn i'r siop i wylio Tania. Roedd hi'n lled dywyll yno ar ôl bod yn yr heulwen. Gallwn ei gweld hi'n chwilio ym mhoced ei siorts am y newid cywir i brynu'r papur. Rhoddodd yr arian i'r siopwr, cymryd y papur, a cherdded tuag at y drws.

Wedyn, dyma ei llaw yn estyn allan fel fflach. Cipiodd rywbeth oddi ar silff a dal ati i gerdded yn syth allan o'r siop.

'Hei, Mali. Mae gen i anrheg fach i ti,' meddai Tania, gan agor cledr ei llaw.

Band gwallt melfed gwyrdd oedd e.

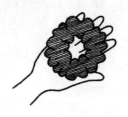

GLAS

Glas

Brwsiodd Tania fy ngwallt pan gyrhaeddon ni adref i'r tŷ a rhoddodd y band gwallt yn ei le.

'Dyna welliant,' meddai Tania. 'Dyna ni! Mae'n edrych yn wych, on'd yw e?'

'Ydy. Gwych. Diolch yn fawr iawn, Tania,' meddwn i. 'Dw i wrth fy modd.'

Ond doedd fy stumog i ddim wrth ei bodd. Roedd Tania'n garedig iawn yn rhoi'r band gwallt i mi. Hi oedd y ffrind gorau yn y byd i gyd. Ond roedd hi wedi'i *ddwyn* e.

Wel, doeddwn i ddim yn hollol siŵr am hynny. Ond roedd hi'n *edrych* fel petai hi wedi'i gipio fe'n syth oddi ar y silff. Ond doeddwn i ddim yn gallu gweld yn iawn. Efallai ei bod hi wedi talu amdano fe â'r arian yn ei phoced.

Gallwn ofyn iddi'n syth. Ond doeddwn i ddim eisiau mentro. Byddai'n swnio mor ofnadwy: 'Diolch am fy anrheg, Tania. Gyda llaw, ai ti dalodd amdano fe neu a wnest ti ei ddwyn?'

Ac os *oedd* hi wedi'i ddwyn e, beth wedyn?

Gwyddwn nad oedd dwyn pethau'n iawn. Yn enwedig oddi wrth Mr a Mrs Patel nad oedd yn gwneud llawer o arian o'u siop fach. Er mai dim ond band gwallt oedd e. Band gwallt melfed oedd dim ond yn costio rhyw bunt. Wedi'r cyfan, doedd e ddim yn beth gwerthfawr.

Nid iddi hi ei hunan roedd Tania wedi'i ddwyn. Roedd hi wedi'i ddwyn e i mi, oherwydd mai fi oedd ei ffrind hi. A doedd ganddi ddim arian i'w wario ei hunan. Doedd hi ddim yn cael arian poced bob dydd Sadwrn fel fi. Doedd dim byd ganddi, bron. Felly, oedd hi wedi gwneud rhywbeth ofnadwy wrth ei ddwyn e?

Teimlais yn benysgafn a'r holl feddyliau cymhleth yma'n chwyrlïo yn fy mhen. Roedd y band yn dal fy ngwallt yn dynn, gan dynnu'r blew bach ar fy ngwegil. Bob tro roeddwn i'n troi fy mhen roedd e'n tynnu'n boenus, felly allwn i ddim anghofio am y peth.

Roedd hi bron yn rhyddhad pan ddywedodd Mam fod rhaid i mi frwsio fy ngwallt 'nôl i'w steil arferol ar ôl i Tania groesi'r stryd a mynd adref.

'Dw i'n gwybod dy fod ti'n meddwl dy fod ti'n edrych yn wych, Mali,' meddai Mam yn ddirmygus. 'Ond dw i ddim yn meddwl bod y steil yna'n dy siwtio di, wir.'

'Dw i'n meddwl ei bod hi'n edrych fel petai wedi tyfu i fyny,' meddai Dad, gan fy ngweld i'n plygu fy mhen.

Gwgodd Mam. 'Dyna'r pwynt. Merch fach yw Mali o hyd. Mae'r steil yna'n rhy soffistigedig o lawer. Ac ychydig yn gyffredin, os oes rhaid i ti gael gwybod.'

'Wel, roedd Tania'n garedig iawn yn rhoi'r band gwallt i Mali,' meddai Dad.

'Mmm,' meddai Mam. 'Brynodd hi fe i ti'n arbennig, Mali?'

'Do,' meddwn i o dan fy ngwynt. Dyma fi'n esgus dylyfu gên. 'Dw i'n flinedig ofnadwy. Dw i'n credu yr af i i'r gwely.'

Roeddwn i eisiau dianc rhag Mam a Dad, dyna i gyd. Ond allwn i ddim cysgu. Gorweddais ar ddihun

yn byseddu'r band gwallt.
Wyddwn i ddim a oedden
nhw ar werth ym mhobman
neu dim ond yn siop y
gornel. Beth petai hwn yn
un arbennig – a bod Mrs
Patel wedi sylweddoli bod un ar goll o'r silff? Beth
petai hi wedi gweld Tania'n ei gymryd hyd yn oed?
Beth petai hi'n fy ngweld i'n gwisgo'r band melfed
gwyrdd? A oedd hynny'n fy ngwneud i'n lleidr
oherwydd fy mod i'n gwybod ei fod wedi'i ddwyn?

Pan es i gysgu o'r diwedd, breuddwydiais am y
peth. Daeth Mrs Patel ataf yn y stryd a'm galw i'n
lleidr. Daeth Mr Patel allan o'r siop a'm galw i'n
lleidr hefyd. Dechreuodd pawb yn y stryd fy ngalw i'n
lleidr. Roedd pobl o'r ysgol yno. Roedd Mrs Powell a
Mrs Edwards yn ysgwyd eu pennau ac yn edrych yn
siomedig iawn. Roedd Carys a Manon a Sara'n sefyll
mewn rhes, ac yn llafarganu 'Lleidr, lleidr, lleidr,' a'u
dannedd yn disgleirio. Ac roedd Mam a Dad yno, ac
roedden nhw'n ei ddwneud e hefyd, ac roedden nhw'n
crio, ac roeddwn innau'n crio hefyd . . .

Dihunais yn foddfa o chwys, gan glywed y gair
lleidr yn fy nghlustiau o hyd. Roedd hi'n ganol nos
nawr, ac roedd y tywyllwch yn codi rhagor o ofn arna
i. Codais a gwthio'r band gwallt reit i gefn fy nrôr
dillad isaf. Wedyn gorweddais eto a gwneud fy
ngorau i chwarae gêm esgus. Fi oedd Ceri Enfys a

doedd hi byth yn gorwedd ar ddihun yn llawn ofn gyda'r nos; roedd hi'n cysgu'n sownd yn ei chynfasau bob lliw – lliw gwahanol i bob dydd – ac wedyn roedd hi'n codi ac yn mynd i nofio yn ei phwll preifat, ac wedyn roedd hi'n gwisgo . . . rhoddais lawer o wahanol ddillad amdanaf fel petawn i'n ddoli bapur, ac yn y pen draw, es i gysgu unwaith eto.

Roeddwn i'n dal i fod yn Ceri Enfys yn fy mreuddwyd. Roeddwn i'n dal i roi gwahanol ddillad amdanaf oherwydd model ffasiwn enwog oeddwn i nawr, yn cerdded i fyny ac i lawr wrth i'r camerâu fflachio. Roedd popeth i'w weld yn wych ond wedyn roedd rhaid i mi wisgo gwisg newydd – ffrog felfed werdd dynn, a band gwallt mawr o'r un lliw a oedd bron cymaint â het. Wrth i bawb fy ngweld yn ei wisgo fe, dyma nhw'n sefyll ar eu traed ac yn dechrau gweiddi 'Lleidr!' a cheisiais dynnu'r band gwallt ond roedd e'n rhy dynn. Roedd e wedi'i glymu mor dynn am fy mhen fel na allwn anadlu – roedd e dros fy llygaid i gyd ac yn llenwi fy nhrwyn ac yn atal fy ngheg rhag agor fel na allwn i weiddi hyd yn oed . . .

Dihunais a'm gwynt yn fy nwrn ac yn beichio crio, reit o dan y dillad gwely. Ond mae'n rhaid fy mod i wedi gwneud sŵn achos rhedodd Mam i mewn i fy ystafell wely.

'Beth yn y byd sy'n bod, cariad?'

'D . . . dw i newydd gael hunllef,' meddwn i, gan sychu fy wyneb â'r cwilt.

'Paid â gwneud 'na! Gad i ni ddod o hyd i hances i ti, druan bach,' meddai Mam, gan fy nghwtsio'n glòs. 'Am beth roedd yr hunllef 'ma, dwed?'

'Dw i ddim yn cofio,' meddwn i'n gelwyddog, gan gydio'n dynn yn Mam. 'Ond roedd hi'n arswydus.'

'Dere di. Mae Mami yma nawr,' meddai Mam gan fy siglo 'nôl a 'mlaen.

Rhoddodd y cwilt yn dynn amdanaf i ac Olwen yr orang-wtang ac addo y byddwn i'n mynd i gysgu'n syth eto ac na fyddwn i'n cael rhagor o hunllefau.

Ceisiais ei chredu. Ond nid dyna sut digwyddodd hi. Roeddwn i'n dal ar ddihun pan ganodd larwm Dad yn y bore.

Roeddwn i'n teimlo'n ofnadwy ac roedd gen i ben tost amser brecwast.

'Ti a dy hunllefau,' meddai Mam. 'Druan â Mali fach.' Tynnodd fy mhlethau'n gariadus.

'Ble mae'r gwallt ffasiynol newydd?' meddai Dad.

Gwgodd Mam arno. 'Dw i'n credu bod Mali wedi ailfeddwl. Dyw e ddim wir yn addas.' Plethodd Mam ei breichiau. 'Dw i ddim yn rhy siŵr am y cyfeillgarwch 'ma â Tania, ti'n gwybod. Mae Mali wedi gweld llawer iawn ohoni. Mae hi'n llawer rhy hen i Mali. Mae hi'n ddylanwad drwg.'

'Beth wyt ti'n feddwl?' gofynnais yn gryg.

'Wel, rwyt ti'n dechrau ymddwyn yn eofn iawn weithiau, Mali. Yr holl fusnes 'na ar ôl yr ysgol ddoe.

Dw i'n casáu meddwl amdanat ti'n mynd i'r parc 'na gyda Tania. Does dim unman yn saff y dyddiau hyn.'

'Dw i'n credu bod Tania'n gallu gofalu amdani ei hun – *a* Mali ni,' meddai Dad.

'Dw i ddim yn hapus o gwbl eu bod nhw'n gymaint o ffrindiau. Does dim gwahaniaeth gen i bod Mali'n gwahodd Tania draw fan hyn lle gallaf i gadw llygad ar bethau, ond dw i ddim eisiau iddyn nhw fynd i ffwrdd gyda'i gilydd a mynd i helynt,' meddai Mam. 'Fe allai hynny ddigwydd gyda merch sydd â chefndir fel Tania. Dw i bron yn teimlo fel gwahardd Mali rhag ei gweld hi o gwbl.'

Cefais sioc. 'Na!'

'O, dere nawr,' meddai Dad. 'Mae'r merched yn ffrindiau da. Mae'n braf gweld Mali'n cael tipyn o hwyl. Ac mae angen ffrind arni nawr, yn enwedig ar ôl yr holl fusnes bwlian yn yr ysgol.'

Anghofiodd Mam am Tania am eiliad.

'Ydy popeth yn iawn nawr, Mali?' gofynnodd. 'Dyw Carys ddim yn dweud pethau cas wrthot ti nawr?'

'Dyw hi ddim yn dweud dim byd nawr,' meddwn i.

'Wel, cadw di'n ddigon pell oddi wrthyn nhw,' meddai Mam.

Gwnes fy ngorau. Fuon nhw ddim yn hongian o gwmpas a sibrwd pethau'r bore hwnnw. Roedd hi'n edrych fel petai Tania wedi codi ofn arnyn nhw.

Roedd hi wedi bod yn wych yn sefyll yn eu herbyn nhw fel yna. Roedd hi'n ffrind wirioneddol dda.

A'r unig reswm iddi ddwyn y band gwallt gwyrdd oedd er mwyn cael anrheg arbennig i mi. Roeddwn i wedi bod yn ddwl i gynhyrfu cymaint am y peth. Pam roedd rhaid i mi fod yn ferch fach dda drwy'r amser?

Eisteddais wrth ochr Arthur Puw amser cinio ac wedyn ceisiodd e fy nysgu sut i chwarae gwyddbwyll. Roedd hynny mor ddiflas. Gadewais i'm meddwl grwydro oherwydd roeddwn i'n edrych ymlaen at gael cwrdd â Tania ar ôl yr ysgol ac yn meddwl sut roedden ni'n mynd i fod yn ffrindiau am byth.

'Nage, *edrych*, os wyt ti'n rhoi dy frenhines yn fan'na fe fydda i'n gallu mynd â hi â fy marchog i,' meddai Arthur.

Allwn i ddim mynd yn gyffrous am y peth. Doedd dim gwallt hir a ffrog laes gan y frenhines, doedd dim arfwisg sgleiniog gan y marchog a phluen yn ei helmed. Dim ond darnau bach o blastig heb bersonoliaeth o gwbl.

Curodd Arthur fi'n rhacs yn y gêm wyddbwyll, felly doedd hynny ddim yn sbort iddo fe chwaith.

'Dwyt ti ddim yn hoffi gwyddbwyll, Mali?' meddai, gan osod y darnau unwaith eto.

'Nac ydw, a dweud y gwir,' meddwn i.

'Efallai y byddi di'n hoffi'r gêm pan fyddi di'n dod i'w chwarae'n well,' meddai Arthur. 'Roeddwn i'n hanner gobeithio y gallen ni chwarae bob amser cinio.'

'Mmm,' meddwn i'n annelwig.

'Ac os wyt ti gyda fi, fe fydd Cerys a Manon a Sara'n cadw draw wedyn,' meddai Arthur.

'Beth?'

'Dw i'n credu fy mod i wedi codi ofn arnyn nhw,' meddai Arthur. 'Wnân nhw ddim byd os ydw i yma i ofalu amdanat ti.'

'O, Arthur!' meddwn i, wedi fy synnu gormod i siarad yn ddoeth. Fe oedd y bachgen mwyaf galluog yn ein dosbarth ni ond fe oedd y twpaf hefyd. 'Does gan hynny ddim i'w wneud â ti. Tania fy ffrind sy'n eu cadw nhw draw.'

Roedd Arthur yn edrych fel petai wedi'i frifo. 'Sut gall Tania dy ffrind eu cadw nhw draw? Dyw hi ddim yma. Er ei bod hi'n teimlo fel petai hi yma weithiau.'

'Beth wyt ti'n feddwl?'

'Wel, rwyt ti'n siarad a siarad yn ddiddiwedd amdani, dyna i gyd. Mae Tania fy ffrind yn dweud y peth hyn. Mae Tania fy ffrind yn dweud y peth arall. O hyd ac o hyd. Dyw hi ddim yn dweud unrhyw beth diddorol hyd yn oed. Dim ond siarad am golur a dillad a beth mae'r sêr yn ei ddweud a'r holl ddwli 'na mae hi.'

'Wyt ti'n dweud bod Tania fy ffrind yn siarad dwli?' meddwn i'n grac.

'Dw i ddim yn gwybod. Dw i erioed wedi siarad â hi fy hunan. Ond dim ond dwli rwyt ti'n 'i siarad nawr, pan wyt ti'n siarad amdani o hyd ac o hyd.'

'Wel, fe gei di chwarae dy gêmau gwyddbwyll twp

ar dy ben dy hunan, 'te,' meddwn i, a bwrw'r set deithio i lawr mor galed fel bod yr holl ddarnau oedd ar ôl yn neidio allan o'u tyllau ac yn  bownsio ar y sgwariau du a gwyn.

Cerddais i ffwrdd ar fy mhen fy hunan, er fy mod i'n gwybod mai camgymeriad oedd hynny. Crwydrais o gwmpas y buarth am ychydig ac yna fe es i doiledau'r merched. Dyna'r camsyniad mwyaf. Roedd Carys a Sara a Manon yn sefyll o flaen y drych, yn cribo'u gwalltiau ac yn arbrofi â steiliau newydd. Roedd Carys yn brwsio ei gwallt ar yn ôl fel bod ei thalcen gwyn yn y golwg. Daliodd fy llygad yn y drych a rhoi'r gorau i frwsio, a'i llaw wedi rhewi yn yr awyr. Symudodd ei gwallt ymlaen yn araf fesul cudyn hyd nes ei fod 'nôl yn ei le.

Dylwn fod wedi rhedeg allan. Ond ceisiais esgus nad oedd ofn arna i. Cerddais yn syth heibio iddyn nhw ac i mewn i un o'r toiledau a chau'r drws. Wedyn fe eisteddais ar y tŷ bach, a'm calon yn curo fel gordd.

'Dyna'r *ferch* dydyn ni ddim yn siarad â hi,' meddai Carys. 'Dydyn ni ddim yn dweud ei henw hi hyd yn oed, ydyn ni?'

'Nac ydyn. Mae'n enw twp beth bynnag,' meddai Sara.

'Wel, mae hi'n ferch dwp,' meddai Manon a

chwerthin. '*Ac* mae hi'n glapgi bach. Fe fuodd hi'n clap-clap-clapian wrth ei mam ac wedyn mae *hithau*'n mynd at fy mam *i* a dw innau'n mynd i helynt. Mae fy mam yn ceisio fy mherswadio i fod yn ffrind iddi hi.'

'Ych a fi, ffrind iddi *hi*,' meddai Sara.

'Mae'r *ferch* 'na wedi cael ffrind newydd nawr,' meddai Carys yn llyfn fel sidan. 'Merch sy'n meddwl mai hi yw'r un *orau* erioed. Wel, hi yw'r un *orau* erioed, yr hen *hwren fach* orau erioed.'

Gwnaeth hynny i mi agor fy ngheg.

'Paid â meiddio galw Tania fy ffrind yn hwren!' gwaeddais o'r tu mewn i'r tŷ bach.

Dechreuodd y tair biffian chwerthin.

'Welsoch chi liw gwallt yr *hwren fach*? Oren llachar. Fel petai haig o bysgod aur marw yn dod allan o'i phen hi,' meddai Carys.

Chwarddon nhw lond eu boliau.

'A'r sodlau uchel oedd am ei thraed! Stamp a herc, stamp a herc.'

Clywais y tair ohonyn nhw'n cerdded o gwmpas gan guro'u traed yn galed ar y llawr wrth fynd ati i'w dynwared yn greulon.

'Mae hi'n syndod bod mam y *ferch* 'na'n gadael iddi fynd o gwmpas gyda'r *hwren fach*,' meddai Manon.

'Wel, mae'r ddwy'n famau, on'd ydyn nhw? Roedd babi bach gan yr *hwren fach* yn y bygi,' meddai Carys.

'Rydych chi'n siarad dwli!' gwaeddais, gan ddatgloi'r

drws a rhuthro allan i'w hwynebu nhw. 'Nid babi *Tania* yw hwnna. Dim ond helpu i ofalu amdano fe mae hi. Ac nid hwren yw hi. Dyw hi ddim hyd yn oed yn mynd mas gyda bechgyn. All hi mo'u dioddef nhw. Felly caewch eich pennau, y tair ohonoch chi.' Ceisiais swnio'n ffyrnig, ond roedd fy llais yn rhy uchel a'm llygaid yn llawn dagrau. Dechreuodd sawl deigryn lifo dros fy mochau. Gwelodd y tair y dagrau.

'Wyt ti'n gallu clywed lleuen fach yn gwichian?' meddai Carys.

'Beth, y lleuen fach sydd newydd ddod allan o'r tŷ bach?' meddai Sara.

'Hen leuen fach frwnt yw hi – wnaeth hi ddim tynnu'r dŵr,' meddai Manon.

Doeddwn i ddim hyd yn oed wedi defnyddio'r tŷ bach ond tynnodd pob un ohonyn nhw wynebau a daliodd Carys ei thrwyn.

Rhedeg wnes i wedyn. A llefain. A chwarddodd y tair lond eu boliau.

Roeddwn i eisiau llefain drwy'r prynhawn yn yr ysgol. Edrychais yn druenus ar draws yr ystafell ar Arthur, ond roedd e'n gwrthod edrych arna i. Ysgrifennais neges fach.

Annwyl Arthur

Mae'n ddrwg gen i. Ro'n i'n hen hwch dwp.

Mali 🐷

ON Gobeithio nad oes unrhyw un o'r darnau gwyddbwyll ar goll.

Plygais y neges ac ysgrifennu *ARTHUR PUW* ar y blaen. Ceisiais bwyso fy mhen ymlaen, heibio i Manon, fel bod y ferch yr ochr draw iddi'n ei rhoi i Arthur. Ond roedd Manon yn rhy gyflym. Cipiodd y neges, ei hagor a'i darllen. Wedyn rhoddodd hi'r neges i Carys a Sara. Roedden nhw'n wên o glust i glust. Crychodd Carys ei thrwyn a gwneud sŵn rhochian mochyn, gan bwyntio ataf i. Gwnaeth Manon a Sara yr un fath â hi.

Plygais fy mhen dros fy ymarferion Saesneg. Gwasgais fy ysgrifbin inc mor galed fel y torrais y nib ac aeth blotiau o inc dros y papur i gyd. Tasgodd deigryn mawr ar y dudalen, fel bod yr inc yn lledu. Wedyn daeth deigryn arall, ac un arall, hyd nes bod y dudalen fel pwll. Teimlais fy mod yn boddi yn fy môr glas fy hunan. Rhochian wnaeth Carys a Manon a Sara 'nôl ar lan y môr.

'Pwy sy'n gwneud y sŵn rhochian dwl 'na?' meddai Mrs Powell yn ddiamynedd.

Edrychodd o gwmpas arnon ni. Plygais fy mhen, gan ofni y byddai hi'n gweld y dagrau yn fy llygaid. Roedd fy nhrwyn yn rhedeg hefyd, felly roedd yn rhaid i mi ei chwythu.

'Dim ond Mali, Mrs Powell, yn chwythu ei thrwyn,' meddai Carys.

Chwarddodd Manon a Sara. Dechreuodd rhai o'r lleill chwerthin hefyd.

'Paid â bod mor hurt,' meddai Mrs Powell, gan ochneidio. 'Dw i'n credu ei bod hi'n well i mi eich tawelu chi ryw fymryn. Fe gawn ni brawf sillafu bach.'

Ochneidiodd y plant. Edrychodd y rhan fwyaf o'r dosbarth arna i fel petawn i ar fai.

Galwodd Mrs Powell y geiriau allan. Roedden nhw'n edrych yn anghywir sut bynnag roeddwn i'n gosod y llythrennau. Roedd rhaid i ni gyfnewid ein papurau â'r person drws nesaf i'w marcio nhw. Manon. Roedd rhaid i ni weithio gyda'n gilydd o hyd, er nad oedd hi'n ffrind i mi nawr, a'i bod hi'n ail elyn pennaf i mi erbyn hyn. Doedd Mrs Powell ddim yn athrawes oedd yn gadael i ni gyfnewid seddau.

Felly roedd rhaid i mi roi fy mhapur sillafu i Manon ac roedd rhaid iddi hithau roi ei phapur i mi. Cydiodd reit yn ymyl y papur, fel petai'n llawn germau a budreddi, a'i daflu i lawr yn gyflym ar ei desg. Chwarddodd Carys a Sara yn werthfawrogol.

Dim ond un deg dau allan o ddau ddeg gefais i. Rhoddodd Manon gylch o gwmpas fy nghamsyniadau i gyd ag ysgrifbin coch a gwneud croesau enfawr. Dyna fy mhrawf gwaethaf erioed. Cafodd Manon un deg pedwar. Cafodd Carys un deg wyth. Hi oedd yr orau yn y dosbarth. Curodd hi Arthur hyd yn oed.

Roedd yn rhaid i ni ddarllen ein sgorau yn uchel i Mrs Powell. Edrychodd yn syn pan ddywedais beth oedd fy sgôr i o dan fy ngwynt. Roeddwn i'n meddwl y byddai hi'n mynd yn grac, ond ddywedodd hi ddim byd. Wedyn galwodd fi draw at ei desg pan ganodd y gloch.

'Oes rhywbeth o'i le, Mali?' gofynnodd.

Ysgydwais fy mhen a syllu ar y llawr.

'Beth ddigwyddodd gyda'r prawf sillafu, dwed? Fe farciodd Manon e'n iawn, on'd do fe?'

Nodiais.

'Ydy Manon a Carys a Sara'n dal i ddweud pethau dwl, Mali?'

'Nac ydyn, Mrs Powell,' meddwn i. Wel, doedden nhw ddim yn eu dweud nhw wrtha i. Dim ond *amdanaf* i. Ond nawr doedden nhw ddim yn dweud fy enw, felly allwn i ddim profi mai amdanaf i roedden nhw'n siarad. Roedd Carys mor glyfar.

Doedd Mrs Powell ddim yn edrych fel petai hi'n fy nghredu gant y cant. Ochneidiodd, a dweud y gallwn fynd.

Roedd Mam yn aros y tu allan ac yn dechrau poeni. Ond doedd dim sôn am Tania.

'Dyna ti, Mali! Pam rwyt ti mor hwyr, cariad?

Fe ddaeth pawb arall allan o leiaf bum munud yn ôl. Chest ti mo dy gadw ar ôl, do fe?'

'Naddo, dim ond . . . dim ond dweud roedd Mrs Powell . . . O, does dim gwahaniaeth. Mam, ble mae Tania?'

'*Beth* roedd Mrs Powell yn 'i ddweud? Does dim gwahaniaeth am Tania.'

'Dim ond rhywbeth am *sillafu*. Sillafu diflas diflas. Roeddwn i'n meddwl bod Tania'n dod i gwrdd â fi eto. Fe ddywedodd hi neithiwr ei bod hi am ddod.'

'Ond rwyt ti'n wych am sillafu! Rwyt ti'n dysgu dy eiriau'n berffaith bob amser. Edrych, meddwl wnes i y byddai hi'n braf i ti a fi fynd i'r dref a siopa ychydig. Roeddwn i yn siop Powell's ac mae ganddyn nhw ffrogiau gingham pinc hyfryd a smocwaith ar eu blaen –'

'Ych a pych!'

'Paid â siarad fel'na, Mali! Dw i'n casáu'r ymadrodd yna.'

'Ond alla i ddim mynd i siopa, Mam; fe addewais i gwrdd â Tania.'

'Do, ac fe ddywedais i wrth Tania dy fod ti a mi'n mynd i siopa.'

'O! Ond fe fyddai'n llawer, llawer, llawer gwell gen i gwrdd â Tania,' meddwn i.

Symudodd pen Mam am 'nôl fel petawn i wedi taro ei hwyneb. Aeth fy stumog yn feddal i gyd. Doedd hyn ddim yn deg. Byddai'n well gan unrhyw ferch gael hwyl gyda'i ffrind yn hytrach na chael ei llusgo o gwmpas y siopau gyda'i mam.

'O wel, os nad wyt ti wir eisiau mynd i siopa, mae'n debyg na alla i dy orfodi di,' meddai Mam yn grynedig. 'Ond mae angen ffrogiau haf newydd arnat ti a dydyn ni ddim wedi mynd am drip bach ar ôl ysgol ers tro byd. Roeddwn i'n meddwl efallai y gallet ti gael hufen iâ yn Powell's . . .'

'Allet ti ddim fod wedi gofyn i Tania ddod hefyd?' meddwn i.

Tynnodd Mam anadl ddofn, a chaeodd ei ffroenau.

'Dw i ddim wir yn credu y byddai hynny'n syniad da, Mali,' meddai Mam. 'Rwyt ti wedi bod yn gweld mwy na digon o Tania'n ddiweddar. Arswyd y byd, mae hi'n hongian o gwmpas y lle bob dydd nawr, a'r ddwy ohonoch chi lan yn yr ystafell wely 'na. Prin mae Dadi a fi'n cael cyfle i dy weld di.'

'Dyw hynny ddim yn wir! A beth bynnag –'

'Edrych, dw i ddim eisiau cael dadl ddwl, Mali. Ydyn ni'n mynd i siopa a chael amser hyfryd – ai peidio?'

Aethon ni i siopa. Ond chawson ni ddim amser hyfryd. Roeddwn i wir yn casáu'r ffrogiau pinc yn siop Powell's. Ffrogiau merched bach oedden nhw, wir i ti! Ffrog maint merch wyth oed oedd yr un oedd yn fy ffitio i. Roeddwn i'n edrych yn wyth mlwydd oed ynddi. Nac oeddwn, *yn iau* na hynny.

'Ond rwyt ti'n edrych yn hyfryd, cariad,' meddai Mam ar ei phengliniau yn yr ystafell wisgo, wrth ffidlan â'r hem a chlymu'r rhuban yn gwlwm pert ar y cefn. 'Fe allen ni gael rhubanau pinc a gwyn i fynd gyda'r ffrog i'w rhoi ar dy blethau di.'

'Ych a pych!'

'Mali! Sawl gwaith sy'n rhaid i mi ddweud wrthot ti?'

'Wel, mae e *yn* syniad ych a pych, Mam. Dw i ddim eisiau clymu fy ngwallt mewn plethau rhagor; maen nhw'n edrych yn dwp. Mae Dad hyd yn oed yn meddwl hynny. A dw i'n edrych yn dwp yn y ffrog fach hurt 'ma i fabis bach.'

'Dw i'n meddwl mai ti yw'r un sy'n ymddwyn fel babi bach,' meddai Mam. 'Wel, o'r gorau. Does dim rhaid i ti gael y ffrog binc. Pa un oeddet ti'n 'i hoffi? Beth am yr un â'r ceirios arni, a'r coler wedi'i frodio? Beth am drio honna?'

'Dw i ddim eisiau ffrog o gwbl. Does neb yn eu gwisgo nhw rhagor.'

'Dw i'n gweld,' meddai Mam, a oedd yn golygu nad oedd hi'n gweld o gwbl. 'Felly mae pawb yn mynd allan yn eu pants a'u fest, ydyn nhw?'

'Nac ydyn. Mae merched yn gwisgo . . . siorts.'

'Hy,' meddai Mam, 'os wyt ti'n meddwl fy mod i'n mynd i adael i ti grwydro o gwmpas yn gwisgo siorts fel Tania, mae'n well i ti feddwl eto.'

'Nid Tania'n unig dw i'n golygu,' meddwn i, er mai dyna ro'n i'n ei olygu. 'Mae'r merched yn fy nosbarth i i gyd yn gwisgo siorts a jîns a *leggings*.'

'Ie, wel, dw i ddim yn credu bod y math yna o steil yn dy siwtio di,' meddai Mam.

'Ond dyna beth dw i *eisiau*. Dw i eisiau edrych fel y lleill. Dyna pam roedden nhw'n pigo arna i drwy'r amser. Achos fy mod i'n wahanol,' llefais.

Simsanodd Mam ychydig wedyn. Felly daliais ati. Ac yn y diwedd prynodd hi bâr o siorts a chrys-T i mi. Siorts hir. Rhai *pinc*. Ond siorts *oedden* nhw o leiaf. Prynodd hi wisg nofio newydd i mi hefyd. Mae Dad a minnau'n mynd i nofio bob bore Sul. Gofynnais yn daer am ficini. Roeddwn i'n meddwl y gallwn i wisgo'r top bicini gyda'r siorts. Gwyddwn y byddai hynny'n edrych yn wych.

Ond chwerthin am fy mhen wnaeth Mam.

'Bicini! Wir i ti, Mali, rwyt ti'n fflat fel bwrdd smwddio!'

Gwisg nofio ddiflas i ferch fach brynodd hi. Allai hi ddim dewis pinc eto achos doedd dim rhai pinc i'w cael. Roeddwn i eisiau

110

gwisg nofio oren llachar ond roedd Mam yn dweud bod hynny'n rhy liwgar. Dewisodd hi wisg las a bow gwyn, twp ar y blaen a dau fotwm ar ffurf pennau cwningod gwyn.

'Rwyt ti'n edrych mor annwyl,' meddai Mam, gan wneud ei gorau i esgus ein bod ni'n cael amser hyfryd wedi'r cyfan.

Doedd Mam ddim hyd yn oed yn poeni pan ddangosais fy ysgrifbin a oedd wedi torri. Aethon ni i lawr i adran deunydd ysgrifennu Powell's a phrynodd hi ysgrifbin newydd i mi a phensil mecanyddol i fynd gyda fe.

Roeddwn i'n ysu am fynd adref yn syth ar ôl gorffen siopa, ond roedd Mam eisiau i mi gael rhywbeth neis i'w fwyta yn Powell's. Felly dewisais i'r Campwaith Ceirios a bues i'n sugno'r ceirios a llyfu'r hufen a throi'r hufen iâ o gwmpas yn y ddysgl arian achos doedd e ddim yn blasu'n iawn rywsut.

Roedd Tania'n disgwyl amdanaf pan gyrhaeddon ni adref o'r diwedd. Roedd hi'n eistedd ar y ffens fach sy'n mynd o gwmpas ein gardd ni.

Ochneidiodd Mam wrth i mi wibio o'i blaen.

'Dw i ddim yn credu bod y ffens 'na'n ddigon cryf i ti eistedd arni, Tania,' galwodd Mam.

'Nac ydy, dyw hi ddim yn gyffforddus iawn,' meddai Tania, gan godi a rhwbio'r marciau coch ar ei choesau. 'Hei, beth yw'r holl fagiau siopa 'ma? Wyt ti wedi bod yn cael anrhegion, Mali? Y peth bach lwcus!'

O, trueni nad oedden ni wedi prynu anrheg i Tania! Yn enwedig gan ei bod hi wedi rhoi'r band gwallt gwyrdd i mi.

'Edrych, mae anrheg fach gyda ni i ti, Tania,' meddwn i'n gyflym, a thynnu'r pensil mecanyddol o'r bag a'i roi iddi.

Cododd Mam ei haeliau ond ddywedodd hi ddim byd.

'O, waw! Anrheg i mi! Pensil, o *gwych*, dw i erioed wedi cael un o'r rhai ffansi, mecanyddol hyn o'r blaen. Diolch yn fawr *iawn*,' meddai Tania, a rhoi cusan i mi. Cododd ar ei thraed a rhoi cusan i Mam hyd yn oed.

'O'r gorau – felly beth wyt ti wedi'i gael, 'te?' meddai Tania, gan roi ei llaw yn y bagiau.

'O, maen nhw'n *hyfryd*!' meddai, wrth ddal fy nghrys-T a fy siorts newydd i fyny.

Roedd Mam yn edrych yn syn ond yn falch.

'Beth wyt ti'n 'i feddwl wrth 'hyfryd'?' meddwn i wrth Tania o dan fy ngwynt. 'Fyddet ti ddim yn eu gwisgo nhw.'

'Wel, fe fyddan nhw'n edrych yn wych amdanat ti,' meddai Tania.

'Diolch!' meddwn i, gan roi pwt iddi.

'A beth arall sydd gen ti?' meddai Tania, gan

chwilio yn y bagiau eraill. 'O, ysgrifbin fel fy mhensil i! A beth yw hwn?'

'Dim ond gwisg nofio.'

'Gad i fi ei gweld hi. O, dw i'n hoffi'r cwningod bach.'

Syllais arni drwy fy sbectol, heb fod yn siŵr a oedd hi'n esgus ai peidio.

'Wyt ti'n gallu nofio 'te, Mali?'

'O ydy, mae Mali'n mynd i nofio gyda'i thad bob dydd Sul,' meddai Mam, gan ffysian gyda'r dillad a'u plygu'n ôl i'w bagiau. 'Dere nawr, Mali, i mewn â ni. Rhaid i ni ddechrau gwneud cinio.'

'Ai dy dad ddysgodd di i nofio, Mali? Wnaiff e fy nysgu i? Gaf i ddod ddydd Sul hefyd?'

'Wrth gwrs!' meddwn i'n hapus.

'Fe gawn ni weld,' meddai Mam.

Gwyddwn beth oedd ystyr 'fe gawn ni weld'. Ffordd gwrtais o ddweud 'Na' oedd e.

Ond roedd Dad yn eithaf awyddus. 'Caiff, wrth gwrs y caiff Tania ddod hefyd,' meddai.

Gwaeddais hwrê yn fuddugoliaethus.

'Dw i ddim yn siŵr a yw hynny'n syniad da iawn,' galwodd Mam o'r gegin. 'Mae'r Tania 'na'n dechrau dilyn Mali i bobman.'

'Nid hi sy'n fy nilyn i. Fi yw'r un sy'n ei dilyn hi,' mynnais.

'Nawr gan bwyll, Mali,' meddai Mam, gan ddod i mewn i'r cyntedd yn ei ffedog. 'Gwarchod y byd, rho gyfle i Dadi newid o'i ddillad gwaith cyn i ti ddechrau ei boeni fe. Fe gawn ni drafod y busnes nofio 'ma yn nes ymlaen.'

'Does dim byd i'w drafod, Mam. Fe ddywedodd Dad fod popeth yn iawn,' meddwn i.

Daliodd ati i ddweud bod popeth yn iawn er i Mam wneud ei gorau i geisio newid ei feddwl.

'Dw i'n gwybod dy fod ti wedi dwlu ar Tania – ond dw i wir yn poeni amdani. Dw i wedi bod yn siarad â Mrs Hughes ac mae Tania'n dod o gefndir *ofnadwy* iawn.'

Dechreuodd Mam sibrwd wrth Dad. Ceisiais glywed. Roeddwn i'n aros am y gair *lleidr* drwy'r amser.

Gwelodd Dad fy mod i'n cnoi fy ngwefus.

'Iawn, o'r gorau, druan â Tania fach. Mae'n swnio fel petai hi wedi cael amser caled iawn,' meddai Dad. 'Felly oni ddylen ni geisio bod yn arbennig o garedig wrthi? Dangos iddi sut mae bywyd mewn teulu cariadus normal? Mae hi i'w gweld yn ferch syndod o neis, o ystyried – ac mae'n hoff iawn o Mali. Felly beth sydd o'i le yn eu cyfeillgarwch nhw? Rwyt ti'n dweud o hyd y gallai Tania fod yn ddylanwad drwg ar Mali. Wyt ti wedi meddwl erioed y gallai Mali fod yn ddylanwad *da* ar Tania?'

Codais fy nwrn i'r awyr yn fuddugoliaethus. Roedd Dad wedi curo Mam heb os nac oni bai.

Felly aethon ni i nofio ddydd Sul, Dad a Tania a fi. Doedd Tania ddim fel petai mor hoff o'r syniad i ddechrau. Fe alwon ni heibio iddi am hanner awr wedi saith a dywedodd Mrs Hughes ei bod hi'n dal yn ei gwely, er ei bod hi wedi galw arni ddwywaith.

Daeth Tania i'r golwg ddeng munud yn ddiweddarach, yn welw ac yn dylyfu gên, a'i gwallt oren yn bigau i gyd. Dyna'r tro cyntaf i mi ei gweld hi heb golur. Roedd hi'n edrych yn rhyfeddol o wahanol. Yn llawer ifancach. Yn feddalach. Yn haws ei brifo.

Roedd Dad wedi mynd yn bigog wrth ddisgwyl amdani, ond gwenodd nawr.

'Bore da, Tania!'

'Bore! Mae hi'n teimlo fel canol nos,' meddai. Ond gwenodd hithau 'nôl ar Dad. Ac wedyn tynnodd ei thafod arna i. 'Ar beth rwyt ti'n syllu, dwed?' Rhwbiodd ei llygaid a oedd yn edrych yn rhyfedd heb golur a chribo'i gwallt â'i bysedd. 'Mae tipyn o olwg arna i, on'd oes e?'

'Dw i'n meddwl dy fod ti'n edrych yn hyfryd,' meddwn i.

Roeddwn i'n meddwl y byddai bicini gan Tania ond pan newidion ni yn y pwll, gwisgodd hen wisg nofio las a oedd wedi colli ei lliw braidd – un blaen a chyffredin.

'Does dim gwisg nofio fy hunan gen i. Gwisg nofio ysgol merch Mrs Hughes oedd hon. On'd yw hi'n ofnadwy? Edrych, mae tyllau bach fan hyn.' Rhedodd Tania ei bys drostyn nhw. 'Dw i'n mynd i gael fy arestio am fod yn anweddus!'

'Mae'n edrych yn iawn,' mynnais. '*Fi* yw'r un sy'n edrych fel twpsen.' Trois y bow a'r pennau cwningod dwl.

'Rwyt ti'n edrych yn annwyl,' meddai Tania. Roedd hi'n swnio'n hiraethus. 'Rwyt ti'n lwcus, mae dy fam yn dy ddifetha di. Fydd hi'n dod i nofio hefyd?'

Edrychais ar Tania. Roedd gan y ddwy ohonon ni ddarlun yn ein meddyliau o fy mam mewn gwisg nofio dynn. Gwenon ni'n euog. 'Efallai ddim,' meddai Tania.

Rhoddon ni ein dillad yn yr un locer. Roeddwn i'n hoffi'r ffaith fod fy nghrys-T a'm siorts newydd wedi'u plygu gyda thop a *leggings* Tania. Roedd yn rhaid i mi adael fy sbectol ar ôl hefyd. Mae hi bob amser yn rhyfedd eu tynnu nhw. Mae'r byd i gyd yn troi'n niwl ac yn diflannu yn y cefndir. Mae'n rhaid i mi hanner teimlo fy ffordd i'r pwll nofio a dim ond glas llachar yn pefrio dw i'n gallu ei weld.

'Dere, fe helpa i di,' meddai Tania, a chydiodd yn dynn yn fy llaw. 'Ble mae dy dad? O, dyna fe, yn sefyll ar yr ymyl. Hei, ydych chi'n mynd i blymio?' Tynnodd Tania fi draw ato, gan redeg yn droednoeth ar y teils llaith. 'Fe fentra i nad ydych chi'n gallu plymio!' meddai.

'Fe fentra i fy mod i'n gallu,' meddai Dad, yn union fel bachgen ysgol. A dyma fe'n plymio i mewn a nofio oddi wrthon ni, a'i freichiau'n symud yn llyfn drwy'r dŵr, a'i draed yn cicio, hyd nes i mi ei golli yn y niwl gwyrddlas.

'Hei, mae e'n gallu hefyd! Mae e'n hoffi dangos ei hun, on'd yw e?' meddai Tania, gan chwerthin arno.

Roedd Dad yn chwerthin hefyd pan nofiodd yn ôl. Tynnodd ei hun i fyny i'r ochr ac eistedd gan gicio'i goesau, a diferion bach o ddŵr yn disgleirio drosto i gyd. Roeddwn i'n poeni am ei fola tew meddal a'r holl flew ar ei frest. Blew brith. Ond roedd Tania fel petai'n meddwl ei fod yn rhyw fath o Siwperdad.

'Hei, dangoswch i *fi* sut i blymio. Rydych chi'n wych! A dw i eisiau nofio'n llyfn fel yna hefyd. Dim ond tasgu fydda i.' Roedd hi'n siarad fel pwll y môr, ond cymerodd oesoedd iddi ddod i mewn i'r dŵr ei hunan. Roedd yn rhaid i Dad gydio yn ei dwylo a'i pherswadio i ddod i lawr y stepiau. Neidiais innau i mewn. Wedyn, hyd yn oed pan oedd Tania yn y dŵr, roedd hi'n gwrthod plygu i lawr a gwlychu ei hysgwyddau. Safai dan grynu a'i breichiau wedi'u lapio amdani. Pan geisiodd Dad ddangos iddi sut i nofio, doedd Tania ddim yn siŵr y gallai hi wneud hyn, a chofiodd ei bod hi wedi cael pigyn clust ac efallai na ddylai hi wlychu ei phen.

Wnaeth Dad ddim ymdrech i'w gorfodi hi. Buon ni'n chwarae bownsio yn y dŵr yn lle hynny, dim ond Dad a fi i ddechrau, ond wedyn cydion ni yn nwylo Tania a buodd hi'n bownsio hefyd. Sgrechiodd yn uchel i ddechrau ond wedyn dechreuodd hi fwynhau a chwerthin.

'Ni yw'r teulu sy'n bownsio,' meddai, wrth i ni fynd rownd a rownd yn wyllt. Canodd, 'Ni yw'r teulu sy'n bownsio. Tad Mali a Mali a fi.'

Canon ni gân Tania dro ar ôl tro, gan chwyrlïo o gwmpas yn y dŵr glas. 'Trueni nad oedden ni'n deulu go iawn,' meddwn i. 'Fe fyddwn i'n dwlu dy gael di'n chwaer i mi, Tania.'

'Ie, rwyt ti fel fy chwaer fach i nawr,' meddai Tania. 'Ac fe arhoswn ni gyda'n gilydd bob amser a chaiff neb byth ein gwahanu ni, o'r gorau?'

INDIGO

Indigo

Roedd yr ysgol yn dal i fod yn ofnadwy. Dechreuodd Carys a Manon a Sara ddal eu trwynau bob tro y byddwn i'n mynd heibio. Copïodd rhai o'r lleill nhw. Wnaeth Arthur ddim byd. Ond roedd e'n dal i fod braidd yn bwdlyd. Ceisiais beidio â phoeni am y peth. Cerddais heibio â'm pen yn y gwynt, fel Ceri Enfys, tan i Carys roi ei throed allan i'm baglu.

Doedd hi ddim yn mentro gwneud dim byd pan oedd athrawon o gwmpas. Roedd Mrs Edwards yn gwneud rhagor o sŵn am ei hymgyrch yn erbyn bwlian.

'Aros tan y gwyliau,' meddai Carys yn uchel wrth Manon. 'Wedyn fe gawn ni hi. Draw yn dy dŷ di.'

Roedd trefniant yn dal i fodoli rhwng Mam â mam Manon. Roeddwn i'n mynd yno bob bore yn ystod y gwyliau tra oedd Mam yn gweithio.

'Ond *alla* i ddim mynd i dŷ Manon nawr,' mynnais.

'Ydyn nhw wedi dechrau dy fwlian di eto?' meddai Mam.

'Nac ydyn. Wel, ddim felly. Maen nhw'n gwneud pethau twp weithiau, dyna i gyd. Ond paid â mynd 'nôl i'r ysgol, Mam! Fe alla i eu hanwybyddu nhw, fel y dywedaist ti wrtha i. Ond alla i ddim mynd i dŷ Manon adeg y gwyliau. Mae hi'n fy nghasáu i. A dw i'n ei chasáu hithau hefyd.'

Dechreuodd Mam boeni'n ofnadwy. Roedd hi eisiau i mi geisio bod yn ffrind i Manon eto.

'Ond dyw Mali ddim *eisiau* bod yn ffrind i Manon,' meddai Dad. 'A dw i ddim yn ei beio hi. Mae Manon wedi bod yn gas wrthi.'

'Roedden nhw'n arfer bod yn ffrindiau. Wn i ddim beth i'w wneud fel arall,' meddai Mam yn druenus. 'Alla i ddim mynd â Mali i'r swyddfa gyda fi. Dyw hi ddim yn ddigon hen i gael ei gadael ar ei phen ei hun. Ond mae hi'n *rhy* hen i gael rhywun i'w gwarchod hi. Beth yn y byd wnawn ni?'

'Mae'n amlwg!' meddai Dad.

'Wyt ti'n meddwl y dylwn i roi'r gorau i'm swydd i?' meddai Mam.

'Na! Cer i gael gair â Mrs Hughes. Dw i'n siŵr y

bydd hi'n fodlon cadw llygad ar Mali. Wedyn fe all hi a Tania gadw cwmni i'w gilydd.'

'O ie! *Ie!* IE!' gwaeddais.

'Na' ddywedodd Mam. Daliodd ati i ddweud 'na'. Ceisiodd ddod o hyd i rywun arall i ofalu amdana i. Ond yn y diwedd rhoddodd y ffidil yn y to a mynd i drefnu rhywbeth rhyngddi hi a Mrs Hughes.

'O Mam, gwych!' meddwn i, gan brancio o gwmpas yr ystafell.

'Wow, wow, gan bwyll, fe fyddi di'n bwrw rhywbeth i'r llawr! Nawr, gwranda arna i, Mali. Dw i eisiau i ti fihafio pan fyddi di draw yn nhŷ Mrs Hughes. Dw i ddim eisiau i ti redeg yn wyllt gyda Tania. Fe fydd llawer o reolau, wyt ti'n clywed?'

'Gwrando ac ufuddhau, O Fam Fawr,' meddwn i.

Wnaethon ni ddim ufuddhau i unrhyw un o reolau Mam. Doedd hi ddim fel petai llawer o wahaniaeth gan Mrs Hughes beth roedden ni'n 'i wneud, ond i ni beidio â chwarae cerddoriaeth yn rhy uchel pan oedd y babis yn cysgu. Roedden ni'n cael mynd i'r dre gyda'n gilydd a doedd hi ddim hyd yn oed yn mynd yn wyllt gacwn os oedden ni'n cyrraedd adre'n hwyr.

'Rwyt ti'n lwcus, Tania,' meddwn i heb feddwl wrth i ni gerdded i'r dref fraich ym mraich. 'Fydd Mrs Hughes byth yn dweud y drefn a gwneud i ti gadw at reolau a rhoi pryd o dafod i ti fel fy mam i.'

'Wel, mae hynny achos nad hi yw fy mam go iawn i,' meddai Tania. 'Dim ond fy mam faeth yw hi. Mae hi'n cael ei thalu am ofalu amdana i. Dyna yw ei gwaith hi. A doedd hi ddim hyd yn oed fy eisiau i. Fe ges i fy ngwthio arni achos na allen nhw ddod o hyd i rywle arall i mi. Rydyn ni'n gwneud yn iawn â'n gilydd, dyw hi ddim yn wael, ond dyw hi ddim wir yn poeni amdanaf i. Mae hi'n dwlu'n lân ar y babis weithiau. Dwn i ddim *pam*, achos maen nhw'n driblan ac mae eu trwynau nhw'n rhedeg y rhan fwyaf o'r amser. Ond dyw hi ddim yn hidio taten amdana i. Felly dyw hi ddim yn dweud y drefn. Mae dy fam yn dweud y drefn achos ei bod hi'n dwlu arnat ti, mae hynny'n amlwg. Mae hi'n dy garu di cymaint.'

Wyddwn i ddim beth i'w ddweud.

'Ac mae dy dad yn meddwl y byd ohonot ti hefyd,' meddai Tania, yn fwy eiddigeddus y tro hwn.

'Beth am dy dad di, Tania?' gofynnais.

Doedd hi erioed wedi sôn amdano, mewn gwirionedd.

'Fe!' meddai Tania, gan snwffian. 'Dw i ddim wedi'i weld e ers oes pys. Dw i ddim eisiau ei weld e chwaith.'

Tynnodd ei braich i ffwrdd a cherdded ymlaen yn gyflym, a'i sandalau'n mynd clip-clop. Roedd yn rhaid i mi frysio i ddal i fyny. Roedd hi wedi troi'i hwyneb oddi wrtha i. Roedd hi'n edrych fel petai hi'n ceisio peidio â llefain.

'Mae'n ddrwg gen i, Tania,' meddwn i'n ofidus.

'Mae'n ddrwg gen ti am beth?' gofynnodd, gan swnio'n ffyrnig.

'Wel, doeddwn i ddim yn bwriadu dy ypsetio di. Am dy dad.'

'Dw i ddim wedi ypsetio. Dw i ddim yn hidio taten amdano fe. Na fy mam nawr. Na fy mrodyr bach hyd yn oed, achos maen nhw wedi cael eu mabwysiadu ac maen nhw'n gwneud yn wych. Dim ond Lowri sydd . . .'

'Chei di mo'i gweld hi?' gofynnais.

'Fe gawson ni ymweliad o dan oruchwyliaeth adeg y Pasg ond fe aeth hi'n swil i gyd ac roedd ei mam faeth yno a . . .' snwffiodd Tania. 'Edrych, cau dy geg, Mali. Dw i ddim eisiau siarad am y peth, o'r gorau?'

'O'r gorau,' meddwn i.

'Paid ag edrych mor ddiflas. Dere, gad i ni fynd i'r dref i ni gael codi ein calonnau,' meddai Tania.

Aethon ni i Boots a threulio oesoedd wrth y cownteri colur. Roedd hynny'n hwyl fawr i ddechrau. Rhoddodd Tania lwyth o golur llygaid a minlliw arna

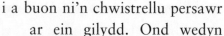

i a buon ni'n chwistrellu persawr ar ein gilydd. Ond wedyn dechreuodd Tania grwydro o gwmpas y silffoedd – a gwelais ei dwylo'n estyn ac yn cydio yn rhywbeth. Roedd hi'n gwisgo crys

124

chwys a phocedi mawr arno. Roedd hi'n hawdd iddi guddio pethau.

Dilynais hi, gan grynu o'm corun i'm sawdl. Crwydrodd o gwmpas, mor dawel, mor ddidaro. Roedd hi'n arbenigwraig.

Cerddon ni allan o'r siop a finnau'n disgwyl am y llaw ar ei hysgwydd, y llais cas. Ond ddigwyddodd mo hynny. Cerddon ni yn ein blaenau; roedd llygaid Tania'n disgleirio a gwên ar ei hwyneb. Roedd hi wedi codi ei chalon, oedd yn wir.

'Hei, Mali, dere. Mae'n well i ni fynd â ti i rywle lle mae 'na ddrych. Rwyt ti'n edrych fel clown a'r holl golur 'na ar dy wyneb,' meddai Tania. Edrychodd arnaf yn graff. 'Beth sy'n bod, dwed?'

Roedd fy ngwddf mor sych fel na allwn siarad. Dim ond sefyll wnes i, yn gryndod i gyd.

'Hei, wyt ti eisiau gweld beth sydd gen i i ti?' sibrydodd Tania.

Daliodd ei phoced ar agor a dangos can o chwistrell gwallt i mi.

'Fe ddywedais i wrthot ti mai dyma beth sydd ei angen arnat ti i gadw trefn ar dy wallt, pan fyddi di'n ei godi ar dy ben. Pam nad wyt ti byth yn gwisgo'r band 'na roddais i i ti, dwed?'

Dim ond codi fy ysgwyddau ac ysgwyd fy mhen wnes i. Roeddwn i'n poeni cymaint am ei hypsetio hi eto fel na feiddiwn i ddweud dim am y dwyn.

Dechreuodd Tania ddwyn bob tro roedden ni'n

mynd i siopa gyda'n gilydd. Doeddwn i'n dal ddim yn meiddio dweud dim wrthi'n blwmp ac yn blaen, ond gwnes fy ngorau glas i'w chael hi i aros yn nhŷ Mrs Hughes.

'Plîs, Tania. Mae siopa'n ddiflas. Gad i ni aros yn y tŷ a gwrando ar gerddoriaeth neu dynnu llun neu rywbeth. Beth bynnag rwyt ti eisiau. Plîs,' byddwn i'n crefu arni.

Weithiau byddai hyn yn gweithio. Dyna'r boreau gorau erioed. Fe fydden ni'n chwarae cerddoriaeth Tania hyd nes yr oeddwn i'n gwybod pob gair ar fy nghof. Dim ond esgus canu byddwn i. Byddai Tania'n canu yn ei ffordd ddihafal ei hun, ac yn gwneud pob ystum yn gywir ac yn dyfeisio ei dawnsiau bach arbennig ei hun.

'Wyt ti'n meddwl y gallwn i ei gwneud hi fel cantores roc, Mali?' gofynnodd Tania, gan siglo 'nôl a 'mlaen.

'Dw i'n siŵr y gallet ti,' meddwn i.

Gwisgodd i fyny fel seren roc hefyd mewn siorts sgleiniog a thop porffor pefriog a oedd yn edrych yn wych. Rhoddodd golur porffor ar ei llygaid, gan wneud patrymau cyrliog yr holl ffordd i'w haeliau. Un tro, cymerodd fy mocs o bennau ffelt a dylunio tatŵs rhyfeddol i'w breichiau a'i choesau – blodau rhyfedd â wynebau, ambell ungorn yn prancio, a gwrachod. Tynnodd lun breichled borffor a glas tywyll am ei harddwrn tenau a gofyn i mi i'w helpu i dynnu llun modrwy ar bob bys. Ar y rhain roedd gemau – rhuddem goch, emrallt gwyrdd, amethyst porffor a saffir glas.

'Tynna lun tatŵ arna i, Tania,' crefais arni.

'Fe fydd dy fam yn cael haint,' meddai Tania, ond tynnodd lun tatŵ pitw bach ar ochr fewn fy arddwrn. Roedd y pen ffelt yn goglais ac yn teimlo'n rhyfedd pan bwysodd ar fy ngwythiennau. Tynnodd lun calon goch a ffrilen o'i chwmpas. Roedd dau enw ynddi, Mali a Tania. Teimlwn yn wan gan falchder a hapusrwydd.

Pan ddaeth hi'n amser i Mam ddod i'm nôl i, rhoddais ddarn o blastr dros y tatŵ ac esgus fy mod i wedi cael crafiad. Pan fyddwn i ar fy mhen fy hunan byddwn i'n cael cip bach ar y galon bob hyn a hyn. Llwyddais i'w chadw tan amser swper ac yna fe ddywedodd Mam fod yn rhaid i mi gael bath. Daeth y plastr i ffwrdd a diflannodd y galon.

Es â'r pennau ffelt gyda fi'r diwrnod canlynol a mynnu cael calon arall. Roedd Tania'n hoffi tynnu lluniau hefyd, fel arfer â'i phensil mecanyddol newydd. Fe wnaethon ni stori wych i fyny am ddwy ferch a fuodd yn teithio o gwmpas y byd gyda'i gilydd. Galwodd Tania ei merch hi'n Cariad Tanwen. Galwais fy un i'n Ceri Enfys.

Roeddwn i ychydig yn bryderus i ddechrau wrth sôn am berson esgus mor bwysig o flaen Tania, ond cymerodd y cyfan o ddifrif a wnaeth hi ddim hwyl am fy mhen o gwbl.

Roedd Cariad a Ceri'n dlawd i ddechrau ac roedd yn rhaid iddyn nhw fodio a chael reid mewn lorïau a rhannu sach gysgu ar ymyl y ffordd. Ond wedyn dechreuodd Cariad ganu ac roedd ffigurau gwerthiant ei halbwm yn wych a gwnaeth hi fwy o arian na Madonna hyd yn oed. Roedd hi'n dal i fod yn ffrind gorau i Ceri. Roedden nhw'n byw mewn fflat hyfryd gyda dodrefn gwyn a charpedi gwyn a gwely siâp calon a phwll nofio enfawr ar y to gyda dolffiniaid go iawn. Pan fyddai Cariad a Ceri'n teithio'r byd, roedd ganddyn nhw eu limosîn hir gwyn eu hunain.

Roedd Tania mor dda am ychwanegu darnau at y stori fel y crefais arni i ysgrifennu'r cyfan er mwyn i mi ei chofio hi am byth.

'Roidd dwi ferch,' ysgrifennodd Tania yn araf iawn.

Ddywedais i ddim gair. Ond gwelodd fy wyneb.

'Ie, wel,' dw i ddim yn wych iawn am ysgrifennu,' meddai. 'Dw i wedi cael problemau dysgu. Achos fy mam a phopeth. A dw i'n dyslecsig beth bynnag. Wyt ti'n gwybod beth yw hynny? Pan nad wyt ti'n gallu darllen ac ysgrifennu'n dda. Ond dyw hynny ddim yn golygu dy fod ti'n dwp.'

'Wrth gwrs nad yw e,' meddwn i'n gyflym.

'Alla i ddim bod yn dwp achos dw i'n gwybod y geiriau i gyd, mae rhai ohonyn nhw'n hir iawn. Dw i ddim yn gwybod sut i'w hysgrifennu nhw, dyna i gyd.'

'Allwn i dy ddysgu di!' cynigiais.

Ond weithiodd hynny ddim. Roeddwn i'n teimlo'n rhy swil i ddangos pob un o wallau Tania iddi. Pan fentrais ddweud wrthi bod rhywbeth yn anghywir, gwridodd fel tân.

'Hei, mae hyn yn ddiflas! Mae hi'n wyliau arnon ni. Pwy sydd eisiau gwneud gwaith ysgol yn ystod y gwyliau? Dere, gad i ni fynd i'r dref.'

'Na!'

'O, dere, Mali, dw i wedi cael llond bol ar aros i mewn.'

'Does dim digon o amser cyn i Mam ddod i'm nôl i.'

'Paid â bod yn ddwl. Fydd dy fam ddim yn dod tan hanner awr wedi un. Pam nad wyt ti eisiau mynd i siopa, dwed?'

'Rwyt ti'n gwybod pam,' meddwn i'n druenus.

'Pam?'

'Achos . . . achos dw i ddim yn 'i hoffi e pan fyddi di'n . . .'

'Pan fydda i'n beth?'

'Rwyt ti'n gwybod.'

'Nac ydw. Felly *dwed* wrtha i,' meddai Tania, gan gau ei sandalau.

'Pan fyddi di'n . . . mynd â phethau.'

Safodd Tania yn ei sodlau, a'i dwylo ar ei chluniau.

'Ond dw i bob amser yn nôl rhywbeth neis i ti hefyd,' meddai hi.

'Wyt, ond . . . fe fyddai hi'n well gen i petait ti ddim yn gwneud hynny. Dw i'n mynd mor ofnus.'

'Edrych, mae popeth yn iawn. Dw i'n gwybod beth dw i'n 'i wneud. Chaf i mo fy nal, wir, dw i byth yn cael fy nal.'

'Ond . . . dyw'r peth ddim yn iawn,' meddwn i, bron â chrio.

'*Beth?*' meddai Tania, 'O, gad lonydd i fi.'

'Dwyn yw e.'

'Dw i'n gwybod mai dwyn yw e. Ond welan nhw mo'i eisiau fe. Maen nhw'n codi'r prisiau i dalu am y pethau sy'n cael eu dwyn o'r siopau. A sut gaf i'r holl stwff sydd ei angen arna i fel arall, dwed? Dyw'r hen Siân ddim yn hael iawn gyda'r arian poced mae hi'n ei roi i mi, er ei bod hi'n cael ffortiwn fach am ofalu amdana i. Mae hi'n iawn i ti fod yn *ferch fach dda*. Rwyt ti'n cael llwythi o bethau wedi'u prynu i ti.'

'Dw i'n gwybod. Mae'n ddrwg gen i. Paid â bod yn gas wrtha i, Tania. O'r gorau, 'te. Fe awn ni i siopa,' meddwn i'n llawn dagrau.

'O, dw i wedi rhoi'r gorau i'r holl syniad nawr,' meddai Tania. 'Rwyt ti wedi'i ddifetha fe i gyd. Roeddwn i'n arfer cael pethau i Lowri ac roedd hi wrth ei bodd, ac roedd hi'n meddwl fy mod i'n wych. Roedden ni'n arfer cael cymaint o hwyl a sbri gyda'n gilydd. Ond dwyt ti ddim yn hwyl a sbri o gwbl, Mali Williams.'

Taflodd ei hun i lawr ar y gwely a chuddio'i hwyneb.

'O, Tania, paid, plîs,' meddwn i, gan feichio crio nawr.

Allwn i ddim credu bod popeth wedi mynd cymaint o chwith mewn dim ond ychydig o eiliadau. Gallwn fod wedi cnoi fy nhafod i ffwrdd.

Wedyn curodd Mrs Hughes ar y drws cyn rhoi ei phen heibio'r gornel.

'Do, fe feddyliais i fy mod i wedi clywed rhywun yn llefain! Beth sy'n bod, Mali?'

'Dim byd,' meddwn i'n dwp, er fy mod i'n udo llefain.

Edrychodd Mrs Hughes ar y gwely.

'Ydy Tania'n pwdu eto?' meddai hi. 'Hei, Tania?'

Symudodd Tania ddim.

'Paid â phoeni,' meddai Mrs Hughes. 'Dere di lawr llawr gyda fi, Mali. Fe gawn ni wydraid o laeth a bisged, o'r gorau?'

'Ond beth am Tania?'

'Fe ddaw hi aton ni pan fydd hi'n teimlo fel gwneud,' meddai Mrs Hughes.

Roeddwn i'n siŵr ei bod hi'n anghywir. Roeddwn i'n crio cymaint fel na allwn lyncu fy llaeth i gyd. Daeth Sam i eistedd ar fy nhroed, gan syllu i fyny arnaf yn llawn chwilfrydedd. Daeth Macs draw ar ei bedwar hefyd, gan swnian yn bigog ei hunan oherwydd ei fod yn torri dannedd. Roedd dribl mawr yn rhedeg i lawr ei ên drwy'r amser. Dechreuodd Rhys y babi lefain yn ei fygi yn y cyntedd.

'Nefoedd wen, rydych chi i gyd wrthi'n cwyno heddiw,' meddai Mrs Hughes. 'Felly am beth fuest ti a Tania'n ffraeo, Mali?'

'Dim byd,' meddwn i eto, gan chwythu fy nhrwyn.

'Ie, dim byd,' meddai llais cyfarwydd.

Daeth Tania i'r gegin a'i hesgidiau'n gwneud sŵn clip-clop.

'Dw i eisiau gwydraid o rywbeth hefyd, Siân. A beth am gael bisgedi siocled hefyd, ie?' Plygodd i lawr a goglais bola Sam. 'Rydyn ni eisiau siocled neis, neis, on'd ydyn ni, fachgen?'

132

Dyma Sam yn chwerthin a gwichian. Dechreuodd Macs swnian i gael sylw hefyd ac fe'i cododd fry uwch ei phen. Driblodd yn llon.

'Ych a pych, rwyt ti'n fy ngwlychu i at y croen, wyt, y jwg bach' meddai Tania, gan ei roi i lawr unwaith eto a sychu ei hwyneb.

Edrychodd arnaf.

'Hei, rwyt ti wedi troi'n jwg hefyd! Beth sy'n bod, Mali?'

'O, Tania,' llefais. 'Gawn ni fod yn ffrindiau eto?'

'Rydyn ni'n ffrindiau bob amser, y dwpsen hurt,' meddai Tania, a sychodd fy wyneb â'r lliain sychu llestri. 'Dere, sycha dy ddagrau.'

'Fe awn ni i siopa nawr,' meddwn i.

'Na, mae'n iawn,' meddai Tania, gan gnoi ei bisged siocled. 'Yfory efallai.'

Penderfynais nad oedd dim gwahaniaeth gen i beth oedd Tania'n 'i wneud. Roedd yn rhaid i mi ei chael hi'n ffrind i mi beth bynnag. Hyd yn oed os oedd hynny'n golygu ei bod yn dwyn pan oedden ni allan.

Roedd ofn mawr arna i serch hynny pan aeth y ddwy ohonon ni am y dref y bore canlynol. Edrychodd Tania arna i'n graff.

'Wyt ti'n iawn?'

'Ydw!' meddwn i'n gyflym, gan fy ngorfodi fy hunan i wenu.

'Dere nawr, dwed wrth yr hen Tania beth sy'n dy boeni di,' meddai, gan fy ngoglais o dan fy ngên fel petawn i'n un o'r babis bach.

'Cadw draw,' meddwn i, gan chwerthin yn rhy uchel.

Roeddwn i bron â thorri fy mol eisiau dangos iddi y gallwn i fod yn llawn hwyl a sbri.

Efallai nad yw Tania'n wych am ddarllen geiriau ond roedd hi'n gallu darllen sut roeddwn i'n teimlo'n syth bìn.

'Mae popeth yn iawn, Mali,' meddai hi. 'Edrych, os wyt ti'n poeni'n ddifrifol am y peth, dw i'n addo peidio â dwyn rhagor o stwff i ti, o'r gorau?'

'Wir?' meddwn i, a'r rhyddhad yn fy ngwneud i'n benysgafn.

'Dw i ddim yn dweud na fydda i'n dwyn unrhyw beth i *mi fy hunan*, cofia,' meddai Tania, yn wên o glust i glust. Rhoddodd ei braich amdanaf. 'Rwyt ti'n dal eisiau bod yn ffrind i mi, wyt ti?'

'Ti yw'r ffrind gorau yn y byd i gyd,' meddwn i'n frwd.

Aethon ni draw i Ganolfan Siopa Maes Gwyn ac i ddechrau, cawson ni amser gwych. Buon ni'n chwarae o gwmpas gan wylio'r llygod a'r cwningod a'r gwiwerod mecanyddol yn dawnsio drwy'r arddangosfa o flodau plastig. Tynnodd Tania lond llaw o arian mân o'r ffynnon ofuned – ond wedyn taflodd y cyfan yn ôl.

'Dere, gwna lwyth o ddymuniadau, Mali,' meddai, gan wasgaru'r arian mân mor gyflym nes bod y dŵr yn tincial.

Dymunais y byddai Tania'n ffrind gorau i mi am byth.

Dymunais y byddai Carys a Manon a Sara'n rhoi'r gorau i chwerthin am fy mhen pan fyddwn i'n mynd 'nôl i'r ysgol.

Dymunais y gallwn droi'n Ceri Enfys.

Dymunais y gallai dymuniadau ddod yn wir bob amser.

'Am beth ddymunaist ti, Tania?' gofynnais.

Crychodd Tania ei thrwyn. 'Os dywedaf i beth oedd e, ddaw e ddim yn wir,' meddai.

Crwydron ni o gwmpas Maes Gwyn i gyd. Treulion ni oesoedd yn siop HMV yn gwrando ar gerddoriaeth. Byseddodd Tania grys-T newydd o Cefin yn hiraethus. Daliais fy anadl. Ond dim ond rhedeg ei llaw drosto wnaeth hi.

'Mae'n hyfryd, on'd yw e?' meddai hi. 'Fe gaf i weld a fydd Siân yn fodlon ei brynu i mi. Mae angen dillad newydd ar gyfer yr haf arna i.'

'Mae gen i ychydig o arian dwi wedi'i gynilo, Tania. Fe allwn ei brynu fe'n anrheg i ti,' meddwn i. Ceisiais agor fy mhwrs. 'Dydy'r arian i gyd ddim gen i heddiw, mae Mam yn gwrthod gadael i mi ei dynnu allan i gyd ar yr un pryd, ond mae gen i dri deg punt gartref, wir i ti.'

'Cadw di fe, Mali,' meddai Tania, ond roedd hi'n edrych fel petai wedi'i chyffwrdd i'r byw.

Aethom i fyny yn y lifft sydd fel swigen wydr i'r llawr uchaf. Daliodd Tania yn fy llaw wrth i ni hedfan i fyny yn y lifft gyda'n gilydd. Roeddwn i mor hapus fel y teimlwn fel petawn i'n hedfan reit allan i'r awyr, gan hofran fry. Wedyn fe wnaethon ni gamu allan i'r rhan uchaf a syllodd Tania o gwmpas, gan sylwi ar y siopau gorau.

'Hei, mae hon yn edrych yn dda,' meddai, gan fy nhynnu ar ei hôl.

Siop o'r enw Indigo oedd hi. Doeddwn i erioed

wedi bod yno ond roeddwn i wedi clywed Manon yn sôn yn ddiddiwedd amdani. Roedd tu blaen y siop yn las tywyll gyda drysau arian, fel y rhai sydd mewn salŵn cowbois. Roedd y siop yn las tywyll y tu mewn hefyd, gyda goleuadau arian. Roedden ni'n edrych yn hynod o las ein hunain a dechreuon ni chwerthin.

Roedd y dillad i gyd ar raciau arian gyda sbotoleuadau arbennig. Denim oedd yno gan mwyaf – jîns a chrysau a sgertiau a siacedi bach – ac roedd 'na rai siwmperi glas tywyll yno wedi'u gwau yr aeth Tania'n wyllt amdanyn nhw. Gwisgodd un a throelli, gan deimlo mor feddal oedd hi.

'Fe allwn i brynu honna yn lle'r crys-T,' meddwn i.

Crychodd Tania ei haeliau a dangos y tocyn pris i mi.

'Waw! Wel, alla i ddim fforddio hynny,' meddwn i.

'All neb ei fforddio fe,' meddai Tania, gan edrych arni ei hun yn y drych.

Roedd un o'r gweithwyr yno yn gwylio o ben draw'r siop. Bachgen golygus, gwallt golau a oedd yn gwisgo dillad Indigo.

Safodd Tania'n stond.

'Wir i ti, edrych ar y bachgen 'na'n fy ngwylio i,' meddai, gan wenu'n gam.

'Efallai nad wyt ti i fod i wisgo'r siwmperi,' meddwn i.

'Sut galli di ddweud sut maen nhw'n edrych os nad wyt ti'n eu gwisgo nhw?' meddai Tania, gan wneud ymdrech i dynnu'r siwmper er nad oedd hi eisiau gwneud hynny.

Cymerodd ei hamser wrth ei phlygu hi. Gwyliais hi, a'm calon yn dechrau curo'n gyflym. Ond rhoddodd hi 'nôl ar y silff wrth ochr y lleill.

Aethon ni draw i edrych ar y gemwaith mewn cas yn erbyn y wal. Plygodd y ddwy ohonon ni dros y breichledau mawr arian a'r modrwyau â cherrig gwyrddlas drostyn nhw i gyd. Roedd y cas ar gau, felly doedden ni ddim yn gallu eu rhoi nhw ar ein bysedd.

'Alwa i'r bachgen 'na draw, iddo fe gael agor y cas i ni?' gofynnodd Tania.

'Na!'

'Mae e'n dal i syllu arna i.'

Syllodd hi 'nôl, a golwg ddwl ar ei hwyneb.

'Ro'n i'n meddwl dy fod ti'n casáu bechgyn,' meddwn i'n chwerw.

'Dw i yn eu casáu nhw,' meddai Tania. 'Ond does

gen i mo'r help os ydyn nhw'n fy hoffi i, oes e?'

Cerddodd Tania draw at res o fŵts cowboi, felly roedden ni'n llawer agosach at y bachgen gwallt golau. Roedd e wedi plethu ei freichiau, ac roedd e'n taflu ei ben am 'nôl o hyd i gael ei wallt o'i lygaid. Roedd e'n  sicr yn dal i syllu ar Tania. Roedd llygaid glas ganddo. Glas tywyll. Indigo, fel enw'r siop. Roedd e'n edrych fel y math o fachgen sydd i'w weld mewn operâu sebon ar y teledu. Y math o fachgen mae'r rhan fwyaf o ferched yn dwlu arnyn nhw. A Tania hefyd, efallai.

'Tania, dere. Fe ddylen ni fod yn mynd adref cyn hir, achos Mam,' meddwn i'n swta.

'Mae digon o amser gyda ni eto,' meddai Tania. 'Dere, dw i eisiau trio rhai o'r bŵts cowboi yma. On'd ydyn nhw'n wych?'

Plygodd a thynnu un o'i sandalau mawr i ffwrdd. Doedd ei throed ddim yn lân iawn. Stwffiodd hi'n gyflym i un o'r bŵts gwyn.

'Gwych, on'd yw hi?' meddai Tania, gan siglo'i choes i'w hedmygu ei hunan. Edrychodd i fyny. 'O-ho!' meddai.

Roedd y bachgen â'r gwallt melyn yn dod draw. Winciodd Tania arna i ac yna fe wenodd wrth i'r bachgen ddod yn nes.

Ond wenodd e ddim 'nôl arni.

'Wnei di nôl y llall i fi, 'te?' meddai Tania, a'i llaw ar ei chlun.

'Na wnaf. Ac fe alli di dynnu honna hefyd. Rydych chi blant wedi bod yn hongian o gwmpas yn y siop yn ddigon hir. Mae'n bryd i chi fynd,' meddai.

Teimlais fy hun yn gwrido, ac ro'n i bron â marw o gywilydd. Roedd wyneb Tania'n goch fel tân hefyd wrth iddi geisio tynnu'r esgid. Collodd ei chydbwysedd a bu bron iddi gwympo.

'Edrych, paid â chwarae o gwmpas,' meddai'r bachgen. 'Ddylet ti ddim trio gwisgo bŵts yn droednoeth. Dyw e ddim yn beth glân i'w wneud.'

Snwffiodd wrth i droed frwnt Tania ddod allan o'r esgid. Ddywedodd Tania ddim byd. Edrychodd hi ddim arno fe. Edrychodd hi ddim arna i. Roedd ei dwylo'n ysgwyd wrth iddi gau ei sandal. Trodd ar ei sawdl a dechrau cerdded allan. Rhuthrais innau ar ei hôl hi.

Gwelais ei llaw'n estyn allan at silff. Gwelais gwmwl o las tywyll. Ac wedyn roedd e wedi mynd, ond yn sydyn roedd crys chwys Tania'n bochio dros ei stumog.

Ceisiais wneud i'm coesau ddal ati i gerdded. Allan o'r siop. Ar hyd y llawr uchaf. Tuag at y lifft.

Ond wedyn gwaeddodd rhywun. Trodd Tania.

Roedd y bachgen yn dod ar ein holau ni.

'Rhed!' bloeddiodd. *'Rhed!'*

PORFFOR

Porffor

Rhedon ni. Rhedeg am ein bywydau. Doedd dim amser i aros am y lifft. Rhedon ni gan daro'n traed yn galed ar hyd y llawr uchaf ac wedyn neidiodd Tania i gyfeiriad y grisiau symudol. Taflais fy hun ar ei hôl, gan redeg i lawr y grisiau, bwrw yn erbyn menywod crac, igam-ogamu heibio i'r rhai oedd yn gwrthod symud, penelino a gwthio hyd nes i mi fwrw yn erbyn y rheilen yn galed. Am un eiliad ofnadwy roeddwn i'n teimlo y gallwn i syrthio dros yr ymyl, i lawr ac i lawr ac i lawr i'r ffynnon ofuned.

Sgrechiais, a dyma Tania'n troi. Roedd hi ar waelod y grisiau symudol yn barod. Gallai hi fod wedi dal ati i redeg. Mae'n debyg y byddai hi wedi dianc.

Ond aros wnaeth hi. Dechreuodd redeg *i fyny* ata i.

'Dw i wedi dy ddala di,' meddai, a'i bysedd yn dynn am fy arddwrn.

Cliriodd fy mhen, doedd y goleuadau ddim yn chwyrlïo bellach. Edrychais o gwmpas. Roedd dau ddyn diogelwch mewn iwnifforms glas ar ben y grisiau symudol.

'Glou! Dw i'n iawn,' meddwn i'n garbwl, a dechrau rhedeg i lawr y grisiau symudol unwaith eto. Dyna wnaeth y ddwy ohonom ni, gan wthio a phenelino ac osgoi, tan i ni gyrraedd y gwaelod. Dim ond hanner ffordd i lawr y grisiau symudol roedden nhw.

'Rhed, 'te!' gwaeddodd Tania.

Rhedon ni eto, a'm calon yn curo fel gordd ac roedd pigyn yn fy ochr ac roedd blas metel yn fy ngheg, ond daliais ati i redeg. Roeddwn i'n rhedeg mor gyflym â Tania, a oedd yn mynd fel ffŵl ac yn gwneud sŵn clip-clop yn ei sandalau. Roedd y ganolfan siopa'n llawn ac er bod rhaid i ni wthio ein ffordd drwodd, doedd y dynion diogelwch ddim yn gallu ein gweld ni hanner yr amser. Roedden ni'n dod yn nes at y fynedfa, gan fynd o gwmpas y blodau plastig, ac yn rhedeg yn gynt na'r cwningod a'r gwiwerod – yn dod yn nes, yn cyrraedd yno, ac yn dianc.

Yn sydyn stopiodd Tania'n stond. Tynhaodd ei bysedd am fy mysedd i. Gwelais hi'n syllu. Gwelais ar beth roedd hi'n syllu. Rhagor o ddynion diogelwch, yn siarad i mewn i'w radios, yn gwasgaru. Yn aros amdanom ni.

'Glou, i mewn i un o'r siopau 'ma,' meddai Tania, gan wibio draw.

Ond doedden ni ddim yn ddigon cyflym.

Sylwodd un ohonyn nhw arnon ni a symud yn gyflym. Dyma ni'n troi ac yn dechrau rhedeg 'nôl i'r ganolfan ond roedden ni'n rhy hwyr. Roedd llaw ar fy ysgwydd. Dwy law, yn dal fy mreichiau i lawr.

'Gan bwyll nawr, ferch fach,' meddai rhywun.

'Rhed, Tania!' sgrechiais arni.

Ond roedden nhw gyda hi nawr, un bob ochr iddi, ac roedd hi wedi cael ei dal. Roeddwn i wedi cael fy nal, roedd pawb yn syllu ac yn pwyntio. Clywais y gair *lleidr*. Ysgydwais fy mhen a gwingo. Roeddwn i'n ceisio agor fy llygaid led y pen drwy'r amser, achos roeddwn i eisiau iddi fod yn hunllef arall.

Doedd hyn ddim yn digwydd mewn gwirionedd.

'Dere nawr, paid â gwingo. Rydyn ni wedi dy ddala di. Paid â gwneud pethau'n waeth i ti dy hunan. Gad i ni fynd 'nôl i'r siop ar y llawr uchaf, iawn?'

'Ddim hi! Ddim yr un fach,' meddai Tania. 'Dyw hi ddim yn rhan o hyn. Mae hi o dan oed beth bynnag. Gadewch iddi fynd. Gadewch iddi fynd, y moch!

Rydych chi wedi fy nal i, mae hynny'n ddigon, does bosib?'

Ond fe aethon nhw â'r ddwy ohonon ni 'nôl yn y lifft swigen wydr, ac allwn i ddim credu ein bod ni mor hapus chwarter awr yn ôl a finnau'n teimlo ein bod ni'n hedfan. Nawr roedd dynion yn cydio ynof i fel petawn i'n droseddwr. A dyna'r ffordd roedd pobl yn edrych arna i, ac yn edrych ar Tania.

Cerddon nhw gyda ni ar hyd y llawr uchaf. Roedd rhagor o bobl yn edrych ac yn twt-twtian a dywedodd rhywun fod y peth yn warthus fod plant yn rhedeg yn wyllt y dyddiau hyn, ac roedden nhw'n beio'r mamau . . . a meddyliais am fy mam a dechrau llefain.

'Nawr 'te, does dim eisiau dagrau. Paid â bod ofn, dydyn ni ddim yn mynd i dy frifo di,' meddai'r dyn diogelwch, gan edrych braidd yn anghyfforddus.

'Gadewch iddi hi *fynd*, wnewch chi. Dim ond babi yw hi,' meddai Tania.

'Wel, beth roeddet ti'n 'i wneud yn ei thynnu hi i ddwyn o siopau, dwed?' meddai'r dyn.

'Pwy sy'n dweud ein bod ni wedi bod yn dwyn o siopau? Profwch e! Dim ond edrych o gwmpas roedden ni, does dim cyfraith yn erbyn hynny, oes e?' meddai Tania'n ffyrnig. 'A beth bynnag, dw i'n dweud a dweud wrthoch chi, dydy'r ferch fach ddim wedi gwneud dim byd. Dyw hi ddim hyd yn oed *gyda* fi. Gadewch iddi fynd adref at ei mam.'

'Fe gewch chi weld eich mamau ar ôl i'r heddlu gyrraedd,' meddai'r dyn diogelwch.

'Fe gaf i weld fy mam, gaf i?' meddai Tania. 'Wel, bydd hynny'n syrpréis.'

Aethon nhw â ni 'nôl i Indigo. Roedd y bachgen â'r llygaid glas yn sefyll a'i freichiau wedi'u plethu, gan ysgwyd ei ben.

'Ie, dyna nhw. Y plant twp,' meddai.

'Ti yw'r twpsyn,' gwaeddodd Tania. 'Dydyn ni ddim wedi gwneud dim byd. Dim ond edrych ar dy stwff gwael di oedden ni, yn trio'r bŵts a phethau. Dydyn ni ddim wedi dwyn *dim byd*.'

Daliodd ati i fynnu bod hyn yn wir, hyd yn oed pan aethon nhw â ni i storfa yn y cefn. Daeth menyw ddiogelwch gyda ni a gofyn i ni roi unrhyw beth roedden ni wedi'i ddwyn iddi.

'Dydyn ni ddim wedi mynd â dim byd,' meddai Tania eto.

Dim ond llefain wnes i, a rhoddodd Tania ei braich

amdanaf. Gallwn deimlo ei bod hi'n crynu hefyd, ac felly dechreuais innau feichio crio.

'Edrychwch, blant. Peidiwch â gwneud i mi orfod eich archwilio chi,' meddai'r fenyw ddiogelwch.

'Chewch chi ddim cyffwrdd â ni! Does dim hawl gyda chi. A dw i'n dweud a dweud wrthoch chi, dydyn ni ddim wedi dwyn dim byd. Y bachgen 'na allan yn y siop, yr un sy'n llawn ohono'i hunan, mae e eisiau i ni fynd i helynt,' mynnodd Tania.

'Mae e'n dweud dy fod ti wedi mynd ag un o'u siwmperi glas wedi'u gwau nhw,' meddai'r fenyw ddiogelwch.

'Wel mae e'n dweud celwydd, 'te,' meddai Tania.

Ond estynnodd y fenyw ddiogelwch ei llaw a'i rhoi ar y darn meddal o fol Tania oedd yn bochio. Llithrodd rhywbeth allan. Rhoddodd y fenyw ei llaw o dan grys chwys Tania a thynnu. Cwympodd y siwmper las ar y llawr.

'Pwy sy'n dweud celwydd?' meddai hi.

'Chi blannodd y siwmper arna i,' meddai Tania. 'On'd do fe, Mali? Gwthiodd y siwmper arna i er mwyn rhoi'r bai arna i, on'd do?'

Dechreuodd y dynion diogel- wch wrth y drws chwerthin.

'Mae merch a hanner gyda ni fan hyn,' meddai un ohonyn nhw. 'Pan ddaw'r heddlu, fe fentra i y byddwn ni'n gweld ei bod hi wedi troseddu sawl gwaith o'r blaen.'

'Yr heddlu!' llefais.

Roedd hi hyd yn oed yn fwy brawychus pan gyrhaeddon nhw – dyn a dynes mewn iwnifforms tywyll a hetiau'r heddlu.

'Hei, hei! Ydw i wir yn edrych mor ffyrnig?' meddai'r plismon, gan chwerthin. Edrychodd ar Tania ac yna arna i. Un fawr ac un fach, ie?'

'O, ha ha. Plismon doniol,' meddai Tania.

'Wel, ti yw'r un galed,' meddai'r plismon. Cerddodd tuag ataf. Trois oddi wrtho, gan snwffian. 'Felly pwy yw'r un fach swil hon, 'te?'

'Gad hi, rwyt ti'n codi ofn arni hi,' meddai'r blismones, gan roi ei braich amdanaf. 'Paid â llefain nawr. Beth yw dy enw di, dwed?'

'Mali,' wylais.

'A faint yw dy oedran di, Mali?'

'Deg.'

'Dyw hi ddim yn rhan o hyn o gwbl. Dim ond plentyn bach oedd yn fy nilyn i yw hi,' meddai Tania'n ffyrnig. 'Gadewch iddi hi fynd.'

Rhoddodd y blismones ei llaw ar fy ysgwydd yn ysgafn. 'Wel, dydyn ni'n sicr ddim yn arfer cymryd carcharorion sydd mor fach â ti, cariad.'

Gwnaeth Tania ei hun yn fach, fach. 'Allwch

chi ddim gadael i'r ddwy ohonon ni fynd, plîs?' gofynnodd, gan snwffian.

'Mae hi'n dipyn o actores,' meddai'r ddynes ddiogelwch.

Ond roedd y blismones fel petai hi ar ein hochr ni.

'Gan fod y ddwy ferch mor ifanc ac rydyn ni wedi dod o hyd i'r eiddo, ydych chi'n dal eisiau bwrw ymlaen a gofyn i ni eu herlyn nhw, syr?' meddai'r blismones wrth y bachgen â'r llygaid glas.

Syllodd Tania a minnau arno'n ymbilgar.

'Mae polisi pendant gan Indigo. Mae unrhyw un sy'n dwyn bob amser yn cael ei erlyn,' meddai, gan blethu ei freichiau. 'Y rhan fwyaf o'r amser, plant fel y rhain sydd wrthi. Maen nhw'n bla. Mae angen dysgu gwers iddyn nhw.'

'Os felly, syr, mae'n well i chi ddod gyda ni i'r orsaf a gwneud datganiad llawn yn fan'na,' meddai'r plismon.

'Nawr, rydych chi'n dweud eich bod chi wedi gweld y ferch hŷn yn mynd â'r siwmper?'

'Mae'r siwmper 'na wedi'i gwau â llaw. Mae hi'n gwerthu am gant a hanner o bunnau,' meddai'r bachgen yn ddig.

'Rwyt ti'n hoffi pethau drud, ferch ifanc,' meddai'r plismon wrth Tania. Trodd at y ddynes ddiogelwch. 'Ac roedd y siwmper hon ganddi pan stopioch chi hi?'

'Roedd hi wedi'i stwffio lan ei chrys chwys ei

hunan. Fe allwn weld ymyl y llawes yn hongian i lawr, felly fe wnes i ei thynnu.'

'Fe ddylai hi fod wedi aros tan i chi gyrraedd cyn iddi fy archwilio i, yn dylai?' meddai Tania. 'Does dim prawf go iawn gennych chi nawr, oes e?'

'Mae prawf gyda ni, o oes,' meddai'r bachgen â'r llygaid glas. 'Mae camerâu fideo gyda ni yma. Fe fydd ffilm fach hyfryd gyda ni ohonoch chi'n dwyn ein siwmper ni.'

Sylweddolodd Tania nad oedd e'n twyllo. Eto i gyd, roedd hi'n gwrthod rhoi'r ffidil yn y to o'm hachos i.

'Wedyn fe fydd dy ffilm hyfryd di'n dangos na wnaeth y ferch fach yma ddim byd,' meddai, gan bwyntio ataf i.

'Roedd hi'n hongian o gwmpas gyda ti. Ac wedyn fe redodd hi i ffwrdd pan wnest ti'r un peth,' meddai'r bachgen.

'Dyw hynny ddim yn drosedd, nac ydy?' meddai Tania. 'Nid lleidr yw hi.'

'Ond mae arna i ofn fod achos rhesymol gyda ni dros gredu dy fod ti'n lleidr, ferch ifanc,' meddai'r plismon. 'Felly dw i'n dy arestio di.'

Gwrandewais arno'n ei rhybuddio hi. Roedd y geiriau mor gyfarwydd o'r holl gyfresi plismyn ar y teledu – ac roeddwn i'n dal i fethu credu ei fod e'n digwydd go iawn.

'Rydyn ni'n cael ein harestio!' sibrydais.

'Dydyn ni ddim yn dy arestio di, cariad,' meddai'r

blismones. 'Mae'n well i ti ddod i'r orsaf heddlu gyda dy ffrind, a dweud wrthon ni'n union beth ddigwyddodd. Wedyn fe wnawn ni ofyn i dy fam i ddod i'th hebrwng di adref, o'r gorau?'

'Ond rydych chi'n arestio Tania?'

'Ydyn, mae arna i ofn,' meddai hi.

Roedd yn rhaid i ni gerdded yr holl ffordd yn ôl i fynd allan o'r ganolfan siopa, a'r blismones yn cydio ynof i, a'r plismon yn cydio yn Tania. Ceisiodd hi wingo a'i osgoi unwaith neu ddwy, ond daliodd e'n dynn wrth ei hysgwyddau a chwerthin am ei phen.

Roedd car heddlu gwyn yng nghefn y ganolfan siopa. Syllodd rhagor o bobl wrth i Tania a minnau gael ein rhoi yn y cefn, a'r blismones rhyngon ni. Roeddwn i'n dal i lefain.

'Gadewch i mi eistedd wrth ochr Mali,' meddai Tania.

'Mae'n ddrwg gen i, cariad,' meddai'r blismones.

'Ond mae angen rhywun arni i gydio ynddi hi,' meddai Tania.

'Oes, dw i'n gwybod. Ond fe allet ti geisio rhoi rhywbeth iddi wrth wneud hynny, yn gallet?'

'Edrychwch.' Siglodd Tania ei llaw wag o flaen wyneb y blismones. 'Ydych chi'n gweld? Gwag. Felly gaf i o leiaf gydio yn ei llaw?'

'O'r gorau, 'te.'

Felly fe wnaethon ni yrru i orsaf yr heddlu a Tania'n cydio'n dynn yn fy llaw ar draws côl y blismones. A phan oedd ei bysedd bach cryf a'r ewinedd wedi'u cnoi i'r byw yn cydio ynof i, roeddwn i'n teimlo mymryn bach yn ddewrach.

'Fe allet ti fod wedi rhedeg i ffwrdd a'm gadael i,' meddwn i. 'Ond fe arhosaist ti. Fel na fyddwn i'n ofnus ar fy mhen fy hun.'

'Do. Roeddwn i'n ddwl, on'd oeddwn i?' meddai Tania, a gwenodd arna i.

Gwelais hi'n edrych ar y clo yng nghefn y car. Gwelodd y blismones hi'n edrych hefyd.

'Cloeon plant bach,' meddai hi. 'Felly paid â thrio neidio allan, fy merch fach i.'

'Dwi wedi methu unwaith eto,' meddai Tania, gan dwt-twtian.

Roedd hi'n ymddwyn yn dwp, fel petai'r peth ddim yn bwysig. Roeddwn i'n gwybod pam. Er mwyn ceisio gwneud pethau'n haws i mi. Y cyfan y gallwn ei wneud oedd cydio'n ddiolchgar yn ei llaw.

Wedyn cyrhaeddon ni orsaf yr heddlu ac allai Tania hyd yn oed ddim gwenu ac ymddwyn fel ffŵl. Aethon nhw â ni ar draws buarth a thrwy ddrws diogelwch ac i lawr coridor hir ac i mewn i ystafell fawr gyda desg a mainc ynddi.

'Y ddalfa,' meddai Tania, gan edrych o gwmpas.

'Mae'n swnio fel petait ti wedi bod mewn un neu ddwy o'r blaen,' meddai'r blismones.

Gwenodd Tania arni'n flinedig a syrthio'n swp ar y fainc. Eisteddais innau wrth ei hochr, gan gwtsio'n nes ati.

'Eisteddwch ymhellach ar wahân, ferched,' meddai plismon newydd. 'Nawr 'te, Sarjant Owen ydw i. Dw i eisiau i chi'ch dwy ddweud wrtha i beth yw eich enw a'ch cyfeiriad ac wedyn fe rof i alwad i'ch rhieni.'

'Beth ddywedith dy fam, Mali?' meddai Tania. 'Fe laddith hi fi.'

'Beth am dy fam dy hunan?' meddai Sarjant Owen yn chwyrn.

'Does dim un gen i,' meddai Tania. 'Does dim tad gen i nawr chwaith. Dydy e ddim yn cael ei ystyried yn rhiant addas, o'r gorau? Felly rydych chi eisiau enw fy ngwarchodwr, ydych chi?'

Nodiodd y sarjant. 'Dyna ni. Mae'n swnio fel y gallet ti lenwi'r ffurflen hon yn gynt na mi, ferch ifanc. Felly pwy ddylwn i ei ffonio?'

'Wel, mae'n well i chi ffonio Siân, fy mam faeth. Fe fydd hi'n mynd yn ddwl beth bynnag, yn meddwl pam nad ydyn ni wedi cyrradd 'nôl. Nawr edrych, Sarjant Owen. Mae'n rhaid i mi esbonio rhywbeth i chi'n glir.' Cododd Tania oddi ar y fainc a mynd draw i sefyll wrth ei ddesg. 'Dw i'n mynd i fod yn hollol onest.'

'Dyna ni. Rho syrpréis i fi,' meddai'r sarjant.

'Na, dw i ddim yn chwarae o gwmpas. Dw i o ddifrif. Y ferch fach yn fan'na –'

'Rwyt ti'n dweud nad yw hi'n rhan o hyn?'

'Wel, mae rhan ganddi. Mae'n amlwg. Ond dim ond y ferch yr ochr draw i'r stryd yw hi. Mae fy mam faeth yn gofalu amdani tra bydd ei mam yn gweithio yn y bore. Mae hi'n fy nilyn i. Ydyn, rydyn ni'n mynd o gwmpas gyda'n gilydd. Ond dw i'n addo i chi nad yw hi erioed wedi dwyn dim byd. Mae hi'n ferch fach dda ac mae hi'n dod o deulu hyfryd a dyw hi erioed wedi bod mewn unrhyw helynt o'r blaen. Dim ond o'm hachos i mae hi yma. Felly fe wnewch chi ei gadael hi'n rhydd, yn gwnewch? Wnewch chi ddim rhoi rhybudd iddi hyd yn oed?'

Gwenodd y sarjant ar Tania. 'Paid â phoeni. Roedd yn rhaid dod â hi i rywle diogel, dyna i gyd. Ond fe all hi fynd adref cyn gynted ag y daw ei mam.'

'Beth am Tania?' gofynnais. 'A fydd hi'n gallu mynd adref hefyd?'

'Yn y pen draw,' meddai'r sarjant.

'Beth yw ystyr hynny?' meddai Tania. Ond roedd hi'n edrych fel petai hi'n gwybod. Daeth hi 'nôl a syrthio'n swp ar y fainc. Caeodd ei llygaid fel petai hi'n ceisio stopio llefain. Y tro hwn doedd hi ddim yn esgus.

Closiais ati a rhoi fy mraich
amdani. Gwgodd y sarjant
ychydig ond gadawodd i ni
eistedd yn agos y tro hwn.
Cydiais yn Tania wrth i'r sarjant
lenwi'r ffurflen. Rhoddodd hi
atebion twp i ddechrau, ond
gwyddai y byddai Mrs Hughes
yma cyn hir, felly newidiodd ei
meddwl a dweud y gwir.

'A nawr bod fy enw a fy nyddiad geni gyda chi, fe
allwch chi roi'r wybodaeth yn y cyfrifiadur a dod o
hyd i'm cofnodion troseddol i, siŵr o fod?'

'Technoleg ar flaenau ein bysedd,' meddai'r sarjant.

'Y llys plant, dyma fi'n dod,' meddai Tania.

'Ydy e'n debyg i'r carchar?' sibrydais yn ofnus.
'Fyddan nhw ddim yn dy gloi di mewn cell, fyddan
nhw? O, Tania, alla i ddim dioddef y peth os byddan
nhw'n mynd â ti i ffwrdd. Mae'n *rhaid* i mi gael dy
weld di o hyd.'

'Meddylia o ddifrif, Mali,' meddai Tania, a'i
hysgwyddau'n tynhau o dan fy mraich. 'Fydd dy fam
ddim yn gadael i ti ddod yn agos ata i nawr, beth
bynnag fydd yn digwydd.'

Roedd Mam yn welw ac yn ysgwyd pan gyrhaedd-
odd hi. Roedd Mrs Hughes gyda hi, a'r tri bachgen
bach, pob un ohonyn nhw'n crio. Ochneidiodd

Tania'n ddwfn. Edrychodd ar Mrs Hughes. Edrych-odd ar Mam.

'Sori,' meddai. Daeth y gair allan y ffordd anghywir. Gwyddwn ei bod hi wir, wir yn golygu'r peth, ond roedd hi'n swnio fel petai hi'n eofn ac yn heriol.

'Mae ychydig bach yn hwyr i ddweud sori,' meddai Mrs Hughes.

Ddywedodd Mam ddim byd. Ond gwelais sut edrychodd hi ar Tania. Gwyddwn fod Tania'n iawn.

Dechreuais lefain eto wedyn, oherwydd allwn i ddim diodde'r peth. Cafodd Mam a minnau ein harwain i ystafell arall a daeth arolygydd i siarad â ni.

'Rwyt ti wedi bod yn ferch fach ddwl iawn, Mali,' meddai'n ddifrifol.

'Gobeithio dy fod ti wedi dysgu dy wers nawr. Paid byth â mynd o gwmpas gyda rhywun sy'n dwyn o siopau. Fe fyddan nhw'n mynd i helynt ac fe gân nhw *ti* mewn helynt hefyd.'

Wedyn dechreuodd yr arolygydd siarad â Mam – a'i thrin hi fel petai hi'n ferch fach ddwl hefyd.

'Dw i wir yn teimlo nad yw hi'n beth call i chi adael i ferch fach fel Mali redeg o gwmpas gyda merch arw yn ei harddegau fel Tania,' meddai. 'Fy nghyngor i fyddai i chi gadw gwell llygad ar Mali yn y dyfodol ac efallai i chi holi'n fwy trylwyr ynghylch ei ffrindiau.'

Llyncodd Mam ei phoer yn swnllyd, ac roedd hi wedi gwrido erbyn hyn. Fe fu hithau hefyd yn crio ar y ffordd adref.

'Alla i ddim credu bod hyn yn digwydd,' meddai dro ar ôl tro. Roedd hi'n edrych arna i drwy'r amser ac yn ysgwyd ei phen ac yn dechrau llefain unwaith eto.

Ffoniodd hi Dad pan gyrhaeddon ni adref a gadawodd yntau'r swyddfa'n syth. Fe fu'r ddau'n siarad â mi drwy'r prynhawn. Yn dweud yr un pethau dro ar ôl tro. Yn dweud pa mor drist roedden nhw. Yn dweud eu bod nhw'n teimlo cymaint o gywilydd. Yn dweud na allen nhw gredu sut roeddwn i wedi'u twyllo nhw drwy fynd ar dripiau siopa gyda Tania. Yn dweud na allen nhw ddioddef y ffaith nad oeddwn i wedi dweud wrthyn nhw fod Tania'n dwyn o siopau.

Wedyn dechreuon nhw wylltio â'i gilydd a gyda finnau hefyd.

'Fe ddywedais i dro ar ôl tro nad oeddwn i eisiau i Mali wneud dim â'r Tania 'na,' meddai Mam. 'Ond roeddet ti'n gwrthod gwrando arna i. Roeddet ti'n meddwl mai ti oedd yn gwybod orau. Ac edrych beth ddigwyddodd?'

'O'r gorau, o'r gorau. Does dim rhaid i ti rwbio'r halen yn y briw. Freuddwydiais i ddim y byddai hyn yn digwydd. Roeddwn i bob amser yn meddwl bod digon o synnwyr gan Mali i lynu wrth y pethau roedd hi'n gwybod eu bod nhw'n iawn. Petait ti ddim yn ei thrin hi cymaint fel babi, efallai y gallai hi sefyll ar ei thraed ei hun yn well,' meddai Dad.

157

Llefais y glaw a rhoddon nhw'r gorau i weiddi, a sychodd Mam fy wyneb ac aeth Dad i nôl diod o ddŵr i mi a ches i gwtsh gan y ddau.

'Rydyn ni wedi ypsetio'n ofnadwy ac wedi cael siom – ond rydyn ni'n sylweddoli nad ti oedd ar fai i gyd, cariad. Paid â llefain nawr,' meddai Mam.

'Dere nawr, Miss Plethau, paid â llefain. Mae popeth ar ben nawr,' meddai Dad.

'Ond beth am *Tania*?' llefais.

'Does dim ots am Tania!' meddai Mam.

'Fe gei di ffrind arall cyn hir, Mali,' meddai Dad.

'Ond Tania yw fy ffrind gorau erioed. Fyddwch chi'n gadael i mi ei gweld hi o hyd? Aiff hi byth i ddwyn o siopau eto. Addawodd hi i mi na fyddai hi'n dwyn, beth bynnag; dim ond achos bod y bachgen yna yn Indigo mor gas wnaeth hi ddwyn yn y lle cynta. Ond fydd hyn ddim yn digwydd eto. Roedd hi'n casáu'r ffaith fy mod i wedi mynd i helynt hefyd. Fe wnaeth ei gorau glas i'm cael yn rhydd. Fe allai hi fod wedi rhedeg i ffwrdd a'm gadael i ond wnaeth hi ddim; arhosodd hi i ofalu amdana i. O, plîs, mae'n *rhaid* i chi ddeall. Mae'n *rhaid* i mi ei gweld hi.'

Roeddwn i'n rhuthro at y ffenest o hyd, yn aros i Tania ddod 'nôl. Stopiodd car y tu allan i dŷ Mr a Mrs Hughes ar ddiwedd y prynhawn. Roedd menyw ifanc yn gyrru ac yn y car hefyd roedd Mrs Hughes a'r tri bachgen – a Tania.

Teimlais yn wan gan ryddhad. O leiaf doedden

nhw ddim wedi'i chau hi mewn cell yn rhywle. Ond roedd hi'n edrych yn ofnadwy pan ddaeth hi allan o'r car. Doedd hi ddim yn cerdded yn llawn asbri fel y gwnâi fel arfer. Roedd ei gwallt yn debyg i wrych, fel petai hi wedi bod yn rhedeg ei bysedd drwyddo.

'Mae'n *rhaid* i mi weld beth maen nhw'n mynd i'w wneud iddi,' meddwn i.

Ond doedden nhw ddim yn gadael i mi wneud hynny. Aeth Mam i weld Mrs Hughes yn fy lle. Roedd Mam yn grac iawn â hi, achos roedd hi'n teimlo na ddylai hi fod wedi gadael i mi fynd o gwmpas y dref gyda Tania. Arhosais yn llawn pryder iddi ddod 'nôl. Roedd Mam wedi mynd am gryn dipyn o amser. A phan ddaeth hi 'nôl roedd hi'n edrych yn rhyfedd. Fel petai wedi cael sioc.

'Beth sy'n bod, Mam? Beth sy'n mynd i ddigwydd i Tania? Oes rhaid iddi fynd i'r llys?'

Nodiodd Mam. 'Diolch byth, dwyt ti ddim yn mynd i gael dy dynnu i mewn i hyn, Mali.'

'Roeddwn i'n meddwl mai rhoi rhybudd iddi hi fydden nhw,' meddai Dad.

'Mae'n debyg ei bod hi wedi cael sawl rhybudd yn barod. Maen nhw'n mynd i gymryd hanes achos llawn ac ystyried ei chefndir i gyd. Mae'n debygol o gymryd wythnosau,' meddai Mam.

'Felly fe fydd hi gartref fan hyn am wythnosau?' meddwn i.

Rhoddodd Mam ei braich amdanaf. 'Na, cariad,

fydd Tania ddim yma,' meddai. 'Mae hi'n mynd i gartref plant. Mae Siân Hughes yn teimlo na all hi ymdopi. Dw i'n gallu gweld bod ganddi bwynt. Fe gafodd ei pherswadio i gymryd Tania ac roedd hi wedi dweud yn blwmp ac yn blaen y byddai'n rhaid iddi fynd petai unrhyw drafferth. Mae'n rhaid iddi feddwl am y bechgyn bach hefyd.'

'Felly mae hi'n cael gwared ar Tania?' meddai Dad, gan swnio fel petai wedi cael sioc.

'Beth arall all hi ei wneud?' meddai Mam.

'Petawn i wedi dwyn y siwmper 'na, a fyddech chi'n cael gwared arna i?' meddwn i.

'Paid â bod mor dwl, Mali.'

'Ond a *fyddech* chi?'

'Na fydden, wrth gwrs. Rwyt ti'n gwybod na fydden ni. Rydyn ni'n dy garu di ac fe fyddwn ni'n dal i dy garu di beth bynnag wnei di,' meddai Mam.

'Ond does neb yn caru Tania druan,' meddai Dad.

'Dw *i*'n ei charu hi!' meddwn i. 'Pryd mae'n rhaid iddi fynd?'

'Wel, yn syth,' meddai Mam. 'Mae'r cyfan braidd yn . . . ond mae'n debyg nad oes pwynt gadael i'r pethau yma lusgo. Mae ei gweithwraig gymdeithasol yno nawr, yn ei helpu hi i bacio'i bag.'

'Mae hi'n mynd *nawr*?' meddwn i. 'Felly mae'n rhaid i mi ddweud hwyl fawr wrthi.'

'Nac oes, dwyt ti ddim yn mynd yn agos ati,' meddai Mam.

'Efallai nad yw hynny'n syniad da, Mali,' meddai Dad.

'Dweud hwyl fawr, dyna i gyd,' meddwn i. 'Mae'n rhaid i mi. Chewch chi mo fy rhwystro i.'

Roedd pentwr o'm pethau i ar ford yr ystafell fyw – llyfrau a phosau a'r hambwrdd mawr o bennau ffelt. Syllais arnynt yn druenus ac wedyn cydiais yn y pennau o bob lliw. Roeddwn i wedi mynd allan o'r ystafell fyw, ar hyd y cyntedd a thrwy'r drws ffrynt cyn i Mam a Dad sylweddoli beth oedd yn digwydd.

Cyrhaeddodd Dad wrth i mi guro ar ddrws Mrs Hughes. 'Dere nawr, Mali, dere 'nôl adre,' meddai.

Atebodd Mrs Hughes y drws a syllu arnon ni.

'Ydy Tania'n mynd go iawn?' meddwn i.

Nodiodd Mrs Hughes, gan edrych yn syfrdan.

'Dyna sydd orau,' meddai, er nad oedd hi'n edrych yn sicr iawn.

'Gaf i ddweud hwyl fawr?' crefais.

Edrychodd Mrs Hughes ar Dad.

'O, o'r gorau,' meddai Dad. 'Cer yn glou. Fe arhosa i fan hyn.'

Brysiais i fyny'r grisiau ac i ystafell Tania. Roedd y weithwraig gymdeithasol yno, yn codi pethau Tania i fag mawr. Roedd Tania'n eistedd ar ei gwely, a doedd hi ddim yn helpu'r weithwraig gymdeithasol.

'Helô, Mali,' meddai Tania'n ddiflas.

'O, Tania,' meddwn i, gan ruthro ati. 'Rwyt ti'n mynd?'

Roedd hi wedi cau ei dyrnau'n dynn. Roedd ei hwyneb yn edrych yn dynn hefyd.

'Ydw, dw i'n mynd. Mae Siân yn fy nhaflu i allan,' meddai Tania.

'Dere nawr, Tania. Rwyt ti'n gwybod mai dim ond dros dro roeddet ti yma,' meddai'r weithwraig gymdeithasol. 'Ac fe weithiwn ni'n galed iawn i gael lle newydd i ti. Beth bynnag, dyw'r cartref plant newydd yma ddim yn rhy wael.'

'Dymp fydd e,' meddai Tania. 'Dyna beth ydyn nhw i gyd. Achos llefydd ydyn nhw i ddympio plant nad oes neb eu heisiau.'

'Dw i dy eisiau di, Tania!' meddwn i.

Gwenodd yn drist arnaf. 'Hei, dw i eisiau dweud hwyl fawr wrth fy ffrind,' meddai wrth y weithwraig gymdeithasol. 'Beth am roi dwy funud i ni gyda'n gilydd, iawn?'

Cododd y weithwraig gymdeithasol ar ei thraed ac ochneidio. 'O'r gorau, dim ond *munud*. Mae angen i mi drefnu ambell beth gyda Mrs Hughes beth bynnag.'

Aeth allan o'r ystafell. Roedd Tania a minnau'n eistedd gyda'n gilydd ar y gwely. Gwnes fy ngorau

glas i feddwl am y peth gorau i'w ddweud ond doedd
'na ddim geiriau.

'O, Tania,' meddwn i, ac wedyn rhoddais gwtsh
mor fawr iddi nes i mi ei bwrw i'r llawr, bron.
Llithrodd yr hambwrdd o bennau ffelt oddi ar y
gwely a thasgodd lliwiau'r enfys dros y carped i gyd.

'Hei, gwylia!' meddai Tania. 'Edrych beth wnest ti
nawr.' Rhoddodd ei llaw yn ysgafn ar fy mraich a
gwingo'n rhydd. 'Beth am i ni eu codi nhw i gyd? Dwyt
ti ddim eisiau colli dim un, wyt ti? Pam dest ti draw
â nhw beth bynnag? Does dim amser gyda ni i liwio,
oes e?'

Penliniais innau hefyd, gan ymbalfalu am y rhai
oedd wedi rholio o dan y gwely.

'I ti maen nhw, Tania,' meddwn i. 'Anrheg ffarwél.'

'Beth? Pob un ohonyn nhw?' meddai Tania.

'Wel, fydd un neu ddau ddim gwerth ar eu pennau
eu hunain,' meddwn i, gan roi pwt iddi. 'Ie. Pob un
ohonyn nhw.'

'Wyt ti'n siŵr? Chei di ddim rhoi dy bennau
lliwiau'r enfys i mi. Beth fydd dy fam yn 'i ddweud?'

'Nid fy mam sy'n penderfynu.
Fi biau nhw, felly fi sy'n
penderfynu. A dw i eisiau i
ti eu cael nhw.'

'O, Mali. Does neb
erioed wedi rhoi anrheg

163

mor hyfryd i mi,' meddai Tania. Rhwbiodd ei llygaid. Roedden nhw'n edrych yn goch yn barod, a chysgodion porffor oddi tanyn nhw. Efallai mai ei cholur oedd e, neu efallai ei bod hi'n drist iawn. Ond llwyddodd i wenu eto. 'Dal ati i chwilio, mae un gwyrdd ac un glas ar goll o hyd. Dw i eisiau set berffaith, gyflawn o bennau ffelt, diolch yn fawr!'

Daethon ni o hyd i'r pennau ffelt gwyrdd a'r glas a'u gosod yn eu lle. Rhedodd Tania ei bys dros y pennau i gyd fel eu bod nhw'n canu rhyw alaw fach ryfedd.

'Fi biau nhw,' meddai hi. Wedyn edrychodd o gwmpas yr ystafell. Chwiliodd yn ei bag hanner llawn. 'Mae'n well i mi ddod o hyd i anrheg i ti, on'd oes?'

'Nac oes, mae'n iawn. Wir i ti. Beth bynnag, rwyt ti wedi rhoi llwyth o bethau i fi. Y band gwallt a –'

'Dw i eisiau rhoi rhywbeth arbennig i ti. Gan mai dy bennau ffelt di oedd dy bethau gorau di.' Trodd Tania'r bag ben i waered a'i wacáu ar y carped. Ymbalfalodd am ychydig ac yna cydiodd yn fuddug-oliaethus yn rhywbeth. Ei thop porffor pefriog.

'Dyma fe! Cymer di fe, Mali.'

'Ond alla i ddim. Dy dop arbennig di yw e.'

'Dyna pam dw i eisiau i ti ei gael e. Y peth gorau sydd gyda fi i'm ffrind gorau,' meddai Tania.

Rhoddon ni un cwtsh olaf i'n gilydd.

Ac wedyn roedd yn rhaid i ni ddweud hwyl fawr.

ENFYS

Enfys

Allwn i ddim credu bod Tania wedi mynd. Roeddwn i'n meddwl o hyd am y pethau oedd gen i i'w dweud wrthi – ac wedyn yn cofio. Bob tro y byddwn i'n clywed sŵn traed allan yn y stryd byddwn i'n neidio i'r ffenest, er fy mod i'n gwybod na allai hi byth fod yno.

Allwn i ddim setlo i wneud dim byd o gwbl. Allwn i ddim chwarae gêm esgus Ceri Enfys hyd yn oed. Fi oedd y fi, Mali Williams, ac allwn i ddim diodde'r peth.

Gwnaeth Mam a Dad eu gorau i dynnu fy sylw. Prynodd Mam set newydd sbon o bennau ffelt lliwiau'r enfys i mi hyd yn oed, heb gwyno dim. 'Roeddet ti'n annwyl iawn yn rhoi'r set arall i Tania,' meddai hi.

'Doeddet ti ddim eisiau i mi ddweud hwyl fawr wrthi,' meddwn i.

'Roeddwn i'n dal mewn sioc ar ôl gorfod dy nôl di o orsaf yr heddlu,' meddai Mam.

'Ond wnaethost ti erioed hoffi Tania. Doeddet ti byth eisiau i mi ei gweld hi,' meddwn i'n ffyrnig.

'Rwyt ti'n llym iawn wrth dy fam,' meddai Dad. 'Dim ond ar ôl y busnes dwyn y dywedon ni nad oeddet ti'n cael ei gweld hi. Ac rwyt ti'n ddwl i ddweud nad oedden ni'n ei hoffi hi. Roedd hi'n ferch ryfeddol mewn sawl ffordd – roedd hi mor fywiog, a'i chalon hi yn y lle iawn yn y bôn –'

'*Mae* hi'n ferch ryfeddol. Paid â siarad amdani fel petai hi wedi marw,' meddwn i. 'Hi yw fy ffrind gorau o hyd, er ei bod hi wedi mynd. A doedd Mam byth eisiau i ni fod yn ffrindiau, oeddet ti?'

'Gan bwyll, nawr,' meddai Mam. 'O'r gorau, doeddwn i ddim yn meddwl ei fod e'n syniad call iawn. A fi oedd yn iawn yn y pen draw. Ond does dim angen i ti edrych arna i fel'na, Mali. Doedd gen i ddim byd yn erbyn Tania'n bersonol. Doedd hi ddim yr oedran iawn i ti, dyna i gyd, a doedd hi ddim yn dod o'r math iawn o gefndir.'

'Mae Manon yr oedran iawn, o'r cefndir iawn; roeddet ti'n meddwl mai hi oedd y math gorau o ffrind i mi. Ac roedd hi'n ofnadwy o gas wrtha i ac fe aeth hi'n ffrind i Carys a Sara a throi yn fy erbyn i. Roedden nhw'n filain. Roedd Tania bob amser yn hyfryd wrtha i.'

Nid dim ond dweud hyn wnes i, ond ei weiddi. Roeddwn i'n meddwl y bydden nhw'n mynd yn grac wedyn. Ond dim ond syllu'n anobeithiol ar ei gilydd wnaethon nhw.

'Mae hwnna'n bwynt da, Mali,' meddai Dad, gan ochneidio.

'Dydy hi ddim mor syml â hynny,' meddai Mam. 'Ond dw i'n difaru na wnes i ychydig mwy o ymdrech gyda Tania.'

'Mae'n hawdd dweud hynny nawr, a hithau wedi gorfod mynd,' meddwn i.

Cerddais yn bendrwm i'm hystafell wely a chau'r drws yn glep. Gorweddais ar fy ngwely am dipyn, gan gydio yn Olwen yr orang-wtang ac esgus mai gwallt Tania oedd ei ffwr oren. Wedyn codais ar fy eistedd a rhoi top porffor pefriog Tania amdani. Cwympodd y top ymhell y tu hwnt i'w phawennau, yn ffrog ryfeddol i'w gwisgo gyda'r nos.

Gwisgais innau'r top. Tynnais fy sbectol a syllu drwy'r niwl ar y drych. Dim ond môr o secwins porffor

oedd i'w weld. Gallwn dwyllo fy hunan fy mod i'n edrych yn anhygoel o smart, yn Ceri Enfys go iawn. Ond wedyn gwisgais fy sbectol eto a daeth popeth yn ôl i ffocws. Mali Williams oeddwn i eto, ac roeddwn i'n mynd i mewn ac allan yn y mannau anghywir. Roedd y top porffor yn crychu'n llac dros fy mrest fflat ac yn dangos fy mola bach crwn babïaidd.

'Mali?' Mam oedd yno, yn curo ar ddrws fy ystafell wely.

Ceisiais rwygo'r top i ffwrdd yn gyflym, achos allwn i ddim dioddef meddwl am Mam yn chwerthin am fy mhen. Aeth fy mhen yn sownd ac wrth i mi dynnu, daeth fy sbectol i ffwrdd a hedfan ar wib ar draws yr ystafell. Glaniodd yn swnllyd ar fy mwrdd gwisgo a thorri yn ei hanner eto.

'O, na!'

'Beth sy'n bod, Mali?' meddai Mam, gan ddod i mewn.

'Fy sbectol i! Mae hi wedi torri eto.'

'Wel, fe gawn ni weld a all Dad ei thrwsio hi â glud cryf fel y gwnaeth e'r tro diwethaf. Ond dw i'n credu y bydd rhaid i ni gael pâr newydd i ti'r haf hwn,' meddai Mam.

'Sbectol ffasiynol go iawn?' gofynnais.

'Ie. Ond iddyn nhw beidio â bod yn rhy ddrud.'

'A gaf i dorri fy ngwallt fel na fydd y sbectol yn edrych yn dwp gyda fy mhlethau?'

'Mmm. Dw i ddim mor siŵr am hynny,' meddai

Mam. 'Os yw hynny mor bwysig i ti, efallai y cei di. Dy wallt di yw e, wedi'r cyfan, mae'n debyg,' oedodd Mam. 'Ond fe ddyweda i un peth dw i'n siŵr amdano, Mali. Dw i ddim eisiau i ti wisgo'r top secwins porffor 'na. Ddim y tu allan i'r tŷ, yn bendant.'

'Dydy e ddim yn ffitio'n iawn beth bynnag,' meddwn i. 'Ond roedd e'n edrych yn hyfryd ar Tania.'

'Wel,' meddai Mam.

'Dw i'n gweld ei heisiau hi'n ofnadwy,' meddwn i. 'Fe ddywedodd hi y byddai hi'n ysgrifennu, ond mae hi'n casáu ysgrifennu, felly dw i ddim yn credu y gwnaiff hi.'

'Dw i'n gwybod dy fod ti'n gweld ei heisiau hi, cariad. A dw i'n deall. Ond cred ti fi, fe wnei di ffrindiau eraill cyn hir. Beth am i ti gysylltu â'r bachgen caredig 'na a ffoniodd ar ôl y ddamwain? Arthur.'

'Na! Allwn i ddim. Fe fyddwn i'n teimlo'n dwp.'

'Fe gysyllta i â'i fam, os wyt ti eisiau.'

'Na, Mam! Dw i ddim *eisiau*. Dw i ddim eisiau gwneud dim byd,' mynnais.

Cymerodd Dad amser i ffwrdd o'r gwaith ac roedd e'n awgrymu ein bod ni'n mynd i'r sinema neu'r parc o hyd. Treuliodd un diwrnod yn mynd â fi o gwmpas amgueddfeydd Caerdydd a finnau'n esgus fy mod i'n mwynhau fy hunan – ond fe fyddwn i wedi bod yr un mor hapus yn gorwedd ar fy ngwely gartref yn gwneud dim.

Aeth Mam â chrib fân drwy'r papur newydd lleol

i ddod o hyd i weithgareddau dros y gwyliau a pherswadiodd fi i gymryd rhan mewn sesiwn ysgrifennu storïau yn y llyfrgell.

Aeth hi â fi i siopa ddydd Sadwrn a dweud y gallwn i gael sbectol newydd. Roedd 'na gannoedd o barau o sbectolau o bob lliw a llun: rhai bach pitw, rhai mawr, rhai pefriog. Trueni nad oedd Tania yno i ddweud wrtha i pa  rai oedd yn fy siwtio orau. Roedd Mam yn hoffi pâr lliw pinc golau gyda chwningen fach wen ar bob pen. Gwyddwn nad oeddwn i eisiau gwisgo unrhyw beth â chwningen arno byth eto. Yn enwedig mewn pinc.

'Ond mae pinc yn gweddu i ti, Mali,' meddai Mam.

'Dim pinc, Mam. Unrhyw liw arall. Coch. Oren. Porffor.'

Syllais drwy barau o sbectolau o bob lliw a llun. Ac wedyn gwelais bâr perffaith. Ddim yn rhy fach. Ddim yn rhy fawr. Gyda fframiau streipiog. Streipiau'r enfys. Coch, oren, melyn, gwyrdd, glas, indigo, porffor.

'O, Mam! Dyma'r sbectol dw i'n 'i hoffi orau. Gaf i'r sbectol enfys yma?'

Doedden nhw ddim yn rhy ddrud felly dywedodd Mam ei bod hi'n fodlon prynu'r sbectol. Aethon ni i gael hufen iâ yng nghaffi Powell's tra oedden ni'n aros i'r lensys cywir gael eu gosod yn fy sbectol newydd. Dewisais 'Mefus Melfed', gyda dotiau bach o liwiau'r enfys drosto i gyd. Cafodd Mam un hefyd, er ei bod hi i fod ar ddeiet arall.

'Trueni na ddaethon ni â Tania fan hyn,' meddai Mam.

Gorffennon ni ein Mefus Melfed mewn tawelwch.

Penderfynodd Mam fentro mynd i'r gwaith yn hwyr y dydd Llun canlynol fel y gallai fynd â fi i'r llyfrgell ar gyfer y sesiwn ysgrifennu. Roedd hi eisiau dod i mewn gyda fi, ond gwrthodais adael iddi wneud hyn, rhag ofn i unrhyw un o'r plant eraill feddwl fy mod i'n fabi.

Doedd dim angen i mi boeni. Dim ond un person arall fy oedran i oedd yno. Arthur!

Roedd e eisoes yn eistedd wrth fwrdd yng nghefn yr ystafell gyda dau fachgen arall. Doedd dim cadair sbâr wrth ei fwrdd. A doeddwn i ddim eisiau iddo feddwl fy mod i'n ddigywilydd. Doedd e ddim yn edrych yn rhy falch o'm gweld i yno. Dim ond nodio'n nerfus wnaeth e arna i, gan wrido.

Doeddwn i ddim eisiau codi rhagor o gywilydd arno o flaen y bechgyn eraill. Efallai mai ei ffrindiau e oedden nhw.

Wyddwn i ddim wrth ochr pwy y byddwn yn eistedd. Doeddwn i ddim eisiau gwasgu i mewn gyda'r rhai bach iawn, yn printio'n sigledig â chreonau.

Roedd dwy ferch tua saith oed ar fwrdd arall.

'Efallai yr hoffet ti eistedd wrth ochr Seren a Ffion a gweithio ar eu stori am goedwig y cwningod gyda nhw?' meddai menyw'r llyfrgell.

'Na, dim diolch,' meddwn i. 'Dw i ddim wir eisiau ysgrifennu am gwningod. Fe feddylia i am fy stori fy hunan.'

Eisteddais wrth fwrdd bach ar fy mhen fy hunan. Cynigiodd dynes y llyfrgell bapur a phensiliau a chreonau i mi, ond roedd gen i fy llyfr tynnu lluniau fy hunan a set newydd o bennau ffelt lliwiau'r enfys. Roedd Arthur yn edrych arna i, felly dechreuais ysgrifennu'n gyflym. Doeddwn i ddim eisiau iddo feddwl fy mod i'n ceisio dal ei lygad.

Ysgrifennais y stori arbennig roedd Tania a minnau wedi'i chreu gyda'n gilydd, am Cariad Tanwen a Ceri Enfys yn rhannu fflat. Roeddwn i'n teimlo'n unig ac yn drist iawn wrth gofio'r stori. Roeddwn i'n clywed llais Tania o hyd wrth iddi ei chreu hi.

'Wyt ti'n iawn, Mali?' gofynnodd menyw'r llyfrgell, gan blygu drosof i.

'Ydw, dw i'n iawn,' meddwn i, gan deimlo'n dwp. Rhoddais fy mraich dros y dudalen. Doeddwn i ddim eisiau iddi ddarllen ein stori breifat ni.

Symudodd draw at fwrdd y bechgyn yn y cefn. Roedd y ddau fachgen gydag Arthur yn sgriblan storïau wedi'u seilio ar gêmau fideo. Roedden nhw wedi diflasu ychydig ac roedden nhw'n fflicio bandiau rwber at ei gilydd ac yn gwneud sŵn *ping* a *tong* a *saing*. Ochneidiodd menyw'r llyfrgell a mynd heibio iddyn nhw tuag at Arthur.

'Beth wyt ti'n ysgrifennu heddiw, Arthur?' meddai hi, gan wenu'n ddisgwylgar. Roedd Arthur yn amlwg yn dod yn selog i'r sesiynau ysgrifennu storïau.

Rholiodd y bechgyn Ping-Tong-Saing eu llygaid ac esgus chwydu.

'Dim byd. Dim ond . . . Na, wir nawr,' meddai Arthur o dan ei wynt.

'Y Marchog oedd yn Gwrthod Ymladd,' darllenodd menyw'r llyfrgell yn uchel.

'Y marchog oedd yn gwrthod ymladd!' meddai Ping.

'Dyna deitl llipa a diflas,' meddai Tong.

'Gan fachgen llipa a diflas,' meddai Ping.

'Arthur llipa, diflas, marchog enwog,' meddai Tong.

'Nawr 'te, chi'ch dau, peidiwch â bod mor ddwl,' meddai menyw'r llyfrgell. 'Paid â chymryd unrhyw sylw ohonyn nhw, Arthur.'

Ddywedodd Arthur ddim byd. Wnaeth e ddim edrych ar y bechgyn. Wnaeth e ddim edrych ar fenyw'r llyfrgell. Wnaeth e ddim edrych arna i.

Edrychais arno'n iawn drwy fy sbectol enfys newydd. Wedyn codais a cherdded draw at ei fwrdd.

'Gaf i weld beth rwyt ti wedi'i ysgrifennu, Arthur?' meddwn i. 'Dw i'n siŵr nad yw'r ddau yna wedi clywed hyd yn oed am y Brenin Arthur a holl

farchogion y ford gron. Maen nhw'n dal yn chwarae
â'u gêmau babïaidd.'

Dyma Ping a Tong yn poeri a gwichian. Syllodd
menyw'r llyfrgell arnynt. Gwridodd Arthur yn goch
fel tân. Ond gwthiodd ei lyfr tuag ataf.

'Dyma fe,' meddai. Roedd e'n swnio'n sarrug. Ond
gwyddwn fod popeth yn iawn.

Es i nôl fy nghadair ac eistedd wrth ei fwrdd am
dipyn, ond roedd Ping a Tong yn ymosod arnon ni â
bandiau rwber ac yn gwthio yn ein herbyn ni pan
oedden ni'n ysgrifennu, felly symudodd Arthur a
minnau draw i'm bwrdd bach i.

Penderfynais fy mod i eisiau mynd i'r sesiynau
ysgrifennu stori drwy'r wythnos. Eisteddodd Arthur
a minnau gyda'n gilydd bob dydd. Dechreuon ni
weithio ar stori newydd gyda'n gilydd, am wrach
hardd o'r Oesoedd Canol, Hawis Hud a Lledrith, a
dewin hollalluog o'r enw Celf ap Tywyll. Cymeron ni

ein tro wrth ysgrifennu'r stori a thynnon ni lun i bob tudalen a'i liwio â'r pennau ffelt lliwiau'r enfys.

Gwyddwn fod Arthur yn falch fy mod wedi dod i'r llyfrgell yn annisgwyl. Doedd e ddim wedi dweud llawer oherwydd ei fod yn swil, fel fi. Doedd e ddim eisiau i mi feddwl ei fod *e*'n ddigywilydd.

Roedd Mrs Puw, mam Arthur, yn dod i gwrdd ag ef amser cinio. Roedd hi'n astudio yn archifau'r llyfrgell pan oedden ni yn ein dosbarth ysgrifennu. Roedd ganddi'r un wyneb gwelw a'r un gwallt anniben ag Arthur. Roedden nhw hyd yn oed yn gwisgo cotiau glas yn union yr un peth. Roedd hi'n fath gwahanol o fam ond roedd hi'n ddiddorol iawn i siarad â hi. Rhoddodd lwyth o syniadau i ni am swynion drwg a gwyddai bopeth am ddiodydd a pherlysiau gwenwynig.

Roedd fy mam yn cyd-dynnu'n dda â mam Arthur. Daethon nhw'n ffrindiau hefyd. Dywedodd mam Arthur fod croeso mawr i mi fynd i'w tŷ nhw yn y bore pan fyddai'r sesiynau ysgrifennu'n dod i ben.

'Byddai hynny'n dda, yn byddai, Mali?' meddai Arthur, gan wrido eto.

'Byddai. O'r gorau,' meddwn i.

Fyddai hynny ddim cystal â bod gyda Tania, wrth gwrs. Ddim hanner cystal. Ond roedd Arthur yn iawn. Roedd e'n ffrind.

Ond es i ddim i dŷ'r Puwiaid yr wythnos ganlynol wedi'r cyfan.

Gwyddwn fod rhywbeth ofnadwy wedi digwydd pan ddaeth Mam i'm nôl i ddydd Gwener. Roedd ei llygaid yn goch a'i hwyneb yn edrych yn llawn. Aeth fy stumog yn dynn.

'Mam, beth sy'n bod?'

Gwnaeth ei gorau glas i fod yn ddewr o flaen Mrs Puw ac Arthur.

'Does dim byd wir yn bod, cariad. Wedi cael ychydig o sioc dw i, dyna i gyd.'

'Wyt ti wedi clywed rhywbeth ofnadwy am Tania?'

Syllodd Mam arna i fel petawn i'n hurt.

'Nac ydw, wrth gwrs. Nac ydw, dw i newydd gael fy ngorfodi i ymuno â rhengoedd y bobl ddi-waith,' meddai Mam.

Roedd hi'n siarad mewn ffordd mor rhyfedd fel na ddeallais i beth oedd hi'n ei olygu i ddechrau. Ond wedyn pan ddechreuodd Mrs Puw siarad yn llawn cydymdeimlad am gwmnïau'n torri 'nôl, dyma fi'n sylweddoli beth oedd wedi digwydd. Roedd Mam wedi colli ei swydd.

Pan oedden ni gartref, yn ddigon pell o'r Puwiaid, dechreuodd ei hwyneb ysgwyd a dechreuodd Mam feichio crio unwaith eto.

'Paid â llefain, Mam,' meddwn i'n swil.

Llefodd yn waeth wedyn, a'i llygaid wedi'u gwasgu ar gau, a'i cheg ar agor. Doeddwn i erioed wedi'i gweld hi'n llefain fel'na o'r blaen. Roeddwn i'n teimlo'n ofnadwy ac yn llawn cywilydd ac ofn.

Aeth Mam i fyny i'w hystafell wely ac oedais innau am funud cyn ei dilyn yn bryderus i'w hystafell. Roedd hi wedi tynnu ei siwt orau ac roedd hi'n gorwedd ar y gwely yn ei phais, yn llefain y glaw.

'Mam?' meddwn i, ac eisteddais yn ofalus ar ymyl y gwely.

Estynnais a rhoi fy llaw ar ei hysgwydd feddal oedd yn ysgwyd i gyd.

'O, Mali,' llefodd Mam, ac yna chwiliodd am hances a gwnaeth ei gorau glas i roi'r gorau i lefain. 'Mae'n ddrwg gen i, cariad. Paid ag edrych mor bryderus. Dydy hi ddim yn ddiwedd y byd. Dwn i ddim pam dw i'n gwneud cymaint o ffws a ffwdan.' Roedd ei llais yn mynd i fyny ac i lawr, a bob hyn a hyn roedd hi'n methu stopio crio, fel igian.

'Fe gei di swydd arall, Mam,' meddwn i.

Ysgydwodd Mam ei phen. 'Dw i ddim mor siŵr, Mali. O'r annwyl, roedd e'n ofnadwy. Roedd yn rhaid i mi glirio fy nesg a mynd allan yn syth. Allwn i ddim credu bod y peth yn digwydd go iawn. Roedd pawb yn edrych arna i fel petai rhyw glefyd ofnadwy arna i. Dywedodd y bòs ei fod e'n methu dibynnu arna i. Soniodd am yr holl amser i ffwrdd roeddwn i wedi'i gael pan oedd fy nannedd yn gwynio ac wedyn pan oedd yn rhaid i mi ofalu amdanat ti –'

'Felly fy mai i yw e?' meddwn i.

'Nage, nage, Mali fach. A beth bynnag, defnyddio hynny fel esgus roedd e. Fe gyfaddefodd hynny fwy neu lai. Fe ddywedodd nad oeddwn i wir yn addas i weithio mewn swyddfa fodern. Roedd fy ffordd o feddwl o chwith i gyd. Fe ddywedodd fy mod i'n rhy henffasiwn. Ond mewn gwirionedd, roedd e'n golygu fy mod i'n rhy *hen.*'

'O, Mam. Dwyt ti ddim yn hen. Wel, ddim mor hen â *hynny.*'

'Ydw, 'te,' meddai Mam. Chwythodd ei thrwyn ac eistedd i fyny. 'Arswyd y byd, mae'n rhaid bod tipyn o olwg arna i. Dw i *yn* hen, Mali. Pan fydda i'n edrych ar y mamau eraill i lawr yn yr ysgol dw i'n sylweddoli fy mod i'n ddigon hen i fod yn fam *iddyn nhw.*'

'Dwyt ti ddim yn fam i neb arall ond fi,' meddwn i, a rhoddais fy mreichiau amdani.

Cynigiodd Mam am lawer o swyddi'r haf hwnnw ond am amser maith roedd hi'n cael ei gwrthod bob tro. Aeth i deimlo'n ddiflas iawn a dechreuodd hi golli pwysau am nad oedd hi'n teimlo fel bwyta llawer. Roeddwn i bob amser wedi dyheu na fyddai

Mam mor dew, ond nawr doeddwn i ddim yn siŵr. Roedd hi fel petai'r fam roeddwn i'n ei hadnabod yn diflannu'n raddol, fel darn o sebon. Roeddwn i wir eisiau iddi fod yn fawr ac yn llawn bywyd eto, achos dyna sut roedd hi i fod.

Ond roedd popeth yn iawn yn y diwedd. Wythnos cyn i mi ddechrau 'nôl yn yr ysgol, cafodd Mam swydd arall. Roedd hi wedi cynnig am swydd yn swyddfa Powell's, ond doedd hi ddim wedi gallu ymdopi â'u cyfrifiadur nhw. Awgrymon nhw ei bod hi'n gwneud cais i fod yn un o'u staff gwerthu rhan amser nhw yn lle hynny. Cafodd hi swydd yn yr adran dillad menywod, ac aeth hi â fi i'r caffi i gael *knickerbocker glories* enfawr i ddathlu.

'Mae hi'n adran hyfryd. Mae'r menywod y bydda i'n gweithio gyda nhw yn edrych yn bobl hyfryd. Mae'r cyflog yn llai, ond fe fydda i'n gallu cael disgownt ar y nwyddau, er mai dim ond gweithio'n rhan amser dw i,' meddai Mam, gan lyfu hufen iâ o'i gwefusau a chrafu ei gwydr tal. 'Trueni nad ydw i'n cael disgownt ar hufen iâ, yntê?'

Roedd Mam yn hapus eto. Trueni na allwn i fod yn hapus hefyd. Roeddwn i'n dal i weld eisiau Tania'n fawr iawn. Roedd Arthur gen i nawr, ond doedd e ddim yr un peth. Ac roedd yr ysgol yn dechrau ddydd Llun, ac roeddwn i wedi dechrau cael hunllefau am Carys a Manon a Sara.

Roeddwn i'n dweud wrth fy hunan drwy'r amser fod hon yn flwyddyn ysgol newydd, yn ddosbarth newydd, yn ddechrau newydd. Ond roeddwn i'n dal i deimlo'n sâl ac yn chwyslyd pan gerddais i mewn i'r ysgol. Roedd Carys a Manon a Sara yn yr ystafell ddosbarth yn barod, ac yn eistedd yn y cefn. Sibrydodd Carys rywbeth a dechreuon nhw i gyd chwerthin, gan edrych arna i.

Roedd y cyfan yn dechrau eto. Sefais yn stond, heb wybod ble i eistedd. Roedd ffrindiau gan bob un o'r merched yn barod. Roeddwn i ar fy mhen fy hun heb neb.

Roedd Arthur yn eistedd ym mhen blaen y dosbarth. Curodd ei fysedd yn ysgafn ar y ddesg wrth ei ochr.

'Hei, Mali. Dere i eistedd fan hyn,' meddai.

Syllais arno. Doedd dim un o'r merched byth yn eistedd gyda'r bechgyn. Doedd neb yn gwneud hyn, ddim yn ein dosbarth ni.

'Alla i ddim eistedd wrth dy ochr di, Arthur,' meddwn i'n dawel. 'Bachgen wyt ti.'

'Sylwgar iawn!' meddai Arthur, gan godi ei aeliau. 'Pam lai?'

Meddyliais am y peth. Pam lai, yn wir? Eisteddais wrth ochr Arthur. Dyma Carys a Manon a Sara'n giglan ac yn gwawdio. Chwibanodd rhai o'r bechgyn a gwneud sylwadau twp.

'Dydyn nhw ddim yn gall,' meddai Arthur.

'Ddim yn gall,' cytunais.

'Nhw sydd ddim yn gall,' meddai Carys. 'Dau dwpsyn bach. Maen nhw'n aros gyda'i gilydd achos bod dim ffrindiau eraill gyda nhw.'

Aeth Carys yn ei blaen fel hyn am amser, ond doedd ei geiriau'n ddim ond pinnau bach, nid cyllyll mawr. Gwyddwn nad oedd hynny'n wir. Roedd gen i ffrindiau. Roedd Tania gen i, y ffrind gorau yn y byd i gyd. Ac roedd Arthur gen i.

Arhoson ni gyda'n gilydd ym mhen blaen y dosbarth, a doedd dim gwahaniaeth o gwbl gan Miss Morris, yr athrawes newydd.

Roedd Carys a Manon a Sara'n eistedd yn dair ar ben ei gilydd yn y cefn. Doedd Miss Morris ddim yn fodlon â hynny.

'Dewch, chi'ch tair. Does dim lle i chi weithio fel'na ar ben eich gilydd i gyd. Mae'n well i un ohonoch chi symud i eistedd wrth fwrdd sbâr.'

Syllodd Manon a Sara'n ymbilgar ar Carys, roedd y ddwy bron â marw eisiau aros gyda hi. Eisteddodd Carys 'nôl yn ei chadair, gan wenu ac edrych o un i'r llall. Edrychon ni i gyd o gwmpas i weld pwy roedd hi'n mynd i'w ddewis a phwy roedd hi'n mynd i'w anfon i ffwrdd.

'Carys?' meddai Miss Morris. Roedd hi'n gwybod ei henw'n barod. Roedd pawb yn yr ysgol yn adnabod Carys. 'Cer di i eistedd wrth y bwrdd sbâr, os gweli di'n dda.'

Syllon ni i gyd yn syfrdan ar Miss Morris. Doedd hi ddim yn deall. Neu efallai ei bod hi'n deall yn iawn.

'Na, fe arhosa i fan hyn,' meddai Carys. 'Fe all Manon eistedd wrth y bwrdd sbâr. Neu Sara.'

Roedd Manon a Sara'n edrych fel petaen nhw mewn poen.

'Dw i eisiau aros gyda ti, Carys,' meddai Manon.

'Na, fi sy'n mynd i aros fan hyn. Dw i wedi bod yn ffrind i ti'n llawer hirach,' meddai Sara.

'Nid Carys sy'n penderfynu,' meddai Miss Morris yn swta. 'Fi yw'r athrawes a fi sy'n dweud pwy sy'n eistedd ble. Manon a Sara, arhoswch ble rydych chi. Carys. Symud i'r bwrdd sbâr.' Oedodd. 'Ar unwaith!'

Cododd Carys ar ei thraed a symud ei phethau i gyd i'r bwrdd sbâr. Roedd dau smotyn pinc llachar ar ei bochau. Edrychodd yn gas ar Miss Morris.

Gwenodd Miss Morris. 'O'r gorau. Gan fod pawb yn eistedd yn gyfforddus, fe allwn ni ddechrau ar y wers.'

Roedden ni i gyd yn dal wedi ein syfrdanu braidd. Roedd Miss Morris yn ifanc a gwallt golau ysgafn, ac roedd hi'n gwisgo siwmperi lliw golau. Roedden ni wedi meddwl hefyd ei bod hi'n feddal ac yn ysgafn i gyd. Ond roedden ni'n anghywir. Roedd hi mor gryf â cheffyl.

Penderfynais fy mod i'n mynd i fwynhau'r flwyddyn hon gyda Miss Morris. Dechreuon ni bob math o wersi newydd. Roedden ni'n edrych ar oes Victoria yn ystod y tymor cyntaf i gyd ac roedd yn rhaid i ni ddewis un agwedd arbennig i'w hastudio gyda phartner. Penderfynodd Arthur a minnau wneud prosiect am grŵp o artistiaid o oes Victoria a oedd yn hoffi gwneud darluniau o'r Brenin Arthur a'i holl farchogion a rhai merched mewn cyfyngder. Dewisodd y lleill yn y dosbarth bethau fel plentyndod neu weision neu ffasiwn neu'r rheilffyrdd. Roedd Miss Morris yn hapus iawn gydag Arthur a minnau. Dywedodd ein bod ni wedi dechrau ar brosiect gwreiddiol a diddorol.

Gwnaeth Carys sŵn chwydu. Cododd Miss Morris ei haeliau ond ffwdanodd hi ddim mynd yn grac. Doedd hi ddim fel petai hi'n meddwl bod Carys yn arbennig o bwysig.

Roedd un pwnc newydd sbon gennym ni bob

prynhawn dydd Gwener. Amser Cylch oedd y teitl. Doedden ni ddim yn hollol siŵr beth oedd e.

'Efallai mai tynnu llun cylchoedd â chwmpawd byddwn ni,' meddai Arthur, gan dynnu ei gwmpawd o'i fag ysgol.

'Beth, i wneud patrymau? Dw i'n hoffi gwneud hynny,' meddwn i. 'Ac wedyn gallwn ni eu lliwio nhw.'

Ond doedden ni ddim wedi tynnu llun cylchoedd yn ystod Amser Cylch. Ni ein hunain wnaeth y cylch, drwy wthio'r byrddau 'nôl ac eistedd gyda'n gilydd yn ein cadeiriau. Eisteddodd Miss Morris yn y cylch hefyd. Gallai Carys eistedd rhwng Manon a Sara unwaith eto. Gwthiodd i mewn rhyngddyn nhw. Eisteddodd Arthur a minnau wrth ochr ein gilydd hefyd, wrth gwrs.

'Amser Cylch fydd ein hamser arbennig ni, pan fyddwn ni'n eistedd gyda'n gilydd fel dosbarth a thrafod pob math o wahanol bethau,' meddai Miss Morris.

'Wwww, mae hi'n mynd i ddweud wrthon ni am ryw,' meddai Carys, a chwarddodd pawb.

Chwarddodd Miss Morris hefyd.

'Ddim heddiw. Felly fe allwch chi i gyd ymdawelu. Amser Cylch yw pan fyddwn ni'n edrych ar bwnc trafod.'

'Beth yw pwnc trafod, Miss Morris?'

'Rhywbeth rydyn ni'n meddwl neu'n poeni amdano fe. Rhywbeth rydyn ni eisiau siarad amdano.'

'Fel sioe ar y teledu?'

'Nage, ddim yn union. Ond fe allwn ni drafod pob math o bynciau. Beth bynnag, heddiw yn ystod Amser Cylch, roeddwn i'n meddwl y bydden ni'n trafod bwlian,' meddai Miss Morris.

Aeth pawb yn dawel yn sydyn. Edrychodd pawb ar Carys. Gwridodd ei bochau ac roedd y smotiau pinc i'w gweld unwaith eto. Roedd y plant yn edrych ar Manon a Sara hefyd. Ac arna i. Dechreuais deimlo'n sâl. Doeddwn i ddim eisiau siarad am y peth. A phetai Carys a Manon a Sara'n cael pryd o dafod, fe fydden nhw'n meddwl fy mod i wedi bod yn clepian amdanyn nhw. Syllais ar Miss Morris. Roedd hi'n mynd i wneud pethau'n waeth.

Ond dyma Miss Morris yn gwenu arna i, ac yn gwenu ar bawb, yn dawel reit, a'i gwallt golau i'w weld yn glir o gwmpas ei hwyneb fel eurgylch. Tynnodd bapur newydd allan a darllenodd am fachgen a oedd wedi cael cosfa gan dri bachgen arall yn ei ysgol. Dangosodd lun o'i wyneb yn gleisiau i gyd, druan. Cytunodd pawb fod hyn yn ofnadwy. Wedyn darllenodd am ferch oedd yn cael ei phwnio a'i chicio hyd nes bod cymaint o ofn arni fynd i'r ysgol fel ei bod wedi crogi ei hun. Buon ni'n trafod hyn hefyd. Gofynnodd Miss Morris i ni feddwl sut roedd y bachgen a'r ferch yn teimlo. Dechreuodd popeth droi'n drist ac yn arswydus.

'Dw i ddim eisiau meddwl am y ferch 'na'n hongian ei hunan. Fe gaf i hunllefau,' meddai Manon.

'Dw i'n gwybod bod meddwl am y peth yn anghyfforddus iawn. Ond rydych chi i gyd yn mynd yn hŷn ac yn llawer callach nawr. Rydych chi'n barod i drafod pynciau anodd iawn nawr. Nawr 'te, beth rydych chi'n 'i feddwl y dylen ni ei wneud am fwlis fel hyn?'

'Fe ddylen nhw gael cosfa hefyd.'

'Fe ddylen nhw gael eu cloi mewn cell.'

'Ddylai neb siarad â nhw byth eto.'

Dechreuodd awgrymiadau'r plant fynd yn fwy ffyrnig o hyd.

'Dydy hyn ddim bob amser yn bosibl, nac yn ymarferol,' meddai Miss Morris. 'A dw i'n credu bod rhaid i ni geisio meddwl am y rhesymau *pam* mae pobl yn bwlian. Wedyn efallai y gallwn ni stopio'r bwlian cyn iddo droi'n ormod o arfer. Felly. Pam rydych *chi*'n meddwl bod pobl yn bwlian?'

'Achos eu bod nhw'n fawr a'u bod nhw eisiau brifo pobl eraill.'

'Achos eu bod nhw'n gas.'

'Achos eu bod nhw'n hoffi codi ofn ar bobl.'

'Ie. Mae'r rhain i gyd yn awgrymiadau call. Ond ceisiwch feddwl ychydig yn ddyfnach. Ydy bwlis yn bobl hapus?' gofynnodd Miss Morris.

'Maen nhw'n hapus pan fyddan nhw'n brifo pobl.'

'Ydyn, mae'n debyg eu bod nhw. Ond meddyliwch am y peth. Meddyliwch am adeg pan fyddwch chi'n hapus, hapus. Mae hi'n ben-blwydd arnoch chi, dywedwch, ac mae eich teulu a'ch ffrindiau i gyd wedi rhoi cwtsh mawr i chi ac anrhegion hyfryd ac rydych chi'n teimlo'n wych. Nawr 'te. Ydych chi eisiau brifo rhywun pan fyddwch chi mewn sefyllfa fel'na?'

Fe feddylion ni am y peth – ac yna ysgydwon ni ein pennau.

'Wrth gwrs nad ydych chi. Rydych chi eisiau bod yn garedig wrth bobl. Ond dychmygwch eich bod chi wedi cael diwrnod gwael iawn ac wedi mynd i helynt yn yr ysgol, ac mae eich tad wedi mynd bant gyda rhywun arall, ac mae eich mam a'ch tad yn grac, ac maen nhw wedi rhoi syrpréis i'ch chwaer fach chi ond yn rhoi pryd o dafod i chi. Ydych chi eisiau bod yn garedig wrth bobl nawr? Neu ydych chi'n teimlo fel bod yn gas wrthyn nhw?'

'Yn gas!' meddwn ni.

'Wrth gwrs eich bod chi. Felly, os yw eich chwaer fach yn dod draw ac yn dechrau tynnu sylw at ei hunan, efallai y byddwch chi'n rhoi gwthiad bach iddi, neu'n dweud wrthi ei bod hi'n dwp, ydw i'n iawn?'

Nodiodd y rhan fwyaf o'r plant, gan chwerthin.

'Ond nid bwlian go iawn yw hwnna. Dw i ddim yn gallu dioddef fy chwaer *i*, ond fyddwn i ddim yn ei chicio yn ei phen na'n gwneud iddi ladd ei hunan.'

Chwarddodd pawb eto, ond roedd Miss Morris yn edrych yn ddifrifol.

'Ond dyna'r pwynt. Dydy bwlian ddim bob amser yn arbennig o ddramatig ac ofnadwy, gyda phobl yn cael niwed difrifol neu hyd yn oed yn marw. Rydyn ni i gyd yn ddiolchgar iawn nad oes unrhyw beth fel'na'n digwydd yn ein hysgol ni. Ond dw i'n siŵr y gallwn ni i gyd feddwl am wahanol achlysuron pan fydd grŵp ohonon ni wedi pigo ar rywun arall?'

Doedd neb yn chwerthin nawr. Aeth fy stumog yn dynn eto.

'Mae pobl yn pigo ar un person, ac mae'n dechrau troi'n arfer. Ac mae eraill yn ymuno. Oherwydd mae pawb eisiau ochri gyda'r bwli fel nad ydyn *nhw*'n cael eu bwlian.'

'Weithiau maen nhw'n gofyn amdani. Achos eu bod nhw wedi bod yn *dwp*,' meddai rhywun o dan ei wynt. Efallai mai Carys oedd y person hwnnw.

Roedd Miss Morris yn clustfeinio'n ofalus ar bopeth o dan ei gwallt golau.

'Does neb byth yn gofyn am gael ei fwlian,' meddai. 'Ond rydych chi'n iawn, weithiau mae pobl yn cael eu bwlian achos eu bod nhw'n dwp. Er nad yw hynny'n air caredig iawn. Does gan bobl mo'r help os nad ydyn nhw'n glyfar iawn. Ac mae hynny'n rheswm ofnadwy dros fwlian unrhyw un, am nad ydyn nhw'n glyfar.'

'Ac weithiau mae rhywun yn gallu cael ei fwlian achos eu bod nhw *yn* glyfar,' meddai Arthur yn sydyn. 'Os mai chi yw'r gorau yn y dosbarth a dydy'r bwli ddim yn hoffi hynny achos maen nhw'n glyfar hefyd ac maen *nhw* eisiau bod y gorau.'

Nodiodd Miss Morris.

'Rwyt ti'n graff iawn, Arthur.'

Roedd rhai o'r lleill yn sibrwd ac yn rhoi pwt i'w gilydd. Clywais y gair *Carys* sawl gwaith. A *Mali*.

'Wnawn ni ddim sôn am unrhyw enwau,' meddai Miss Morris. 'Cofiwch mai trafodaeth *gyffredinol* yw hon.'

Roedd Manon a Sara'n aflonydd. Roedd bochau Carys yn goch fel mefus.

'Os yw rhywun yn eich bwlian chi, fe ddylech chi ddweud wrth rywun bob amser,' meddai Miss Morris, a'i llygaid yn symud o gwmpas y cylch i gyd. 'Dywedwch wrth eich mam a'ch tad. Dywedwch wrth eich athro. Dywedwch wrth athro arall os nad yw pethau'n cael eu datrys. Mae angen help ar y person sy'n cael ei fwlian. Ac mae angen help ar y person sy'n bwlian hefyd, achos maen nhw'n bobl drist, sâl, ddwl. Fe ddylen ni deimlo trueni drostyn nhw, er eu bod nhw'n brifo pobl ac yn gwneud llawer o ddrwg. Mae galw enwau a thynnu coes twp yn gallu ypsetio pobl.' Edrychodd o gwmpas y cylch eto. 'Rydych chi'n gwybod am beth dw i'n sôn. Gwneud wynebau dwl a chlebran a chlebran, fel haid o fwncïod yn y sw. Mae bwlis fel y babŵns: y mwncïod mawr sydd â wynebau rhyfedd a phenolau coch llachar.'

Dechreuodd pawb chwerthin pan glywson nhw Miss Morris yn dweud y gair *penolau*.

'Mae'r babŵn mwyaf yn sgrechian llawer ac yn cnoi'r rhai bach i gyd. Mae'r babŵns mawr eraill yn ei gopïo, gan sgrechian a chrafu am chwain. Nawr, does neb yn y dosbarth yma eisiau ymddwyn fel bwli babŵn sydd â phen-ôl coch llachar, ydyn nhw?'

Ysgydwodd pawb eu pennau – hyd yn oed Manon a Sara. Roedd Carys wedi plygu ei phen.

Cadwodd hi draw oddi wrtha i wedi hynny. Arhosodd hi ddim amdanaf i ar ôl yr ysgol byth eto. Byddai wedi bod ar ei phen ei hun beth bynnag. Doedd Manon a Sara ddim eisiau bod yn ffrind iddi rhagor. Roedd y ddwy ohonyn nhw'n mynd o gwmpas gyda'i gilydd yn lle hynny.

Gofynnodd Manon a oeddwn i eisiau bod yn ffrindiau unwaith eto. Dywedais i o'r gorau, ond na allwn i fod yn ffrind *gorau* iddi. Roedd Arthur gyda fi nawr beth bynnag. Roedden ni'n dal i eistedd wrth ochr ein gilydd yn yr ysgol ac yn chwarae gyda'n gilydd amser cinio ac roedden ni bob amser yn cerdded gyda'n gilydd i'r arhosfan fysiau. Roedd

Mam yn dal i ddod i gwrdd â fi bron bob dydd, ond doedd dim gwahaniaeth gen i nawr achos bod neb yn tynnu fy nghoes am y peth.

Allwn i ddim peidio â gobeithio y byddai Tania'n rhedeg i lawr y stryd ryw ddiwrnod hefyd, yn ei siorts a'i sandalau clip-clop. Roeddwn i wedi clywed oddi wrthi o'r diwedd. Dim ond un cerdyn post, a doedd hi ddim wedi rhoi ei chyfeiriad.

Helô Mali
Dwedes i bydden i'n sgwenu. Roidd y llis plant yn iawn. Dim ond cadw llygad ar fi main nhw. Gwich! A dw i'n meddwl bod fi'n cael Mam faith newydd. Felli mae pethe'n <u>gwella</u>.
Wela i di, fy frind gorau.
Cyriad mawr
Tania xxx

Wela i di. Roedd yn rhaid i mi ddal ati i obeithio y byddwn i wir yn ei gweld hi ryw ddiwrnod. Os na fyddai hi'n dod 'nôl i'm gweld i, byddai'n rhaid i mi fynd i chwilio amdani pan fyddwn i'n hŷn. Roedden ni'n ffrindiau gorau erioed o hyd. Roedd yn rhaid i ni gwrdd eto. Yn rhywle . . .

TORFAEN LIBRARIES